あんたの愛を、俺にちょうだい

神奈木　智

幻冬舎ルチル文庫

CONTENTS ✦目次✦

あんたの愛を、俺にちょうだい

✦カバーデザイン＝chiaki-k
✦ブックデザイン＝まるか工房

イラスト・金ひかる✦

あんたの愛を、俺にちょうだい

1

生まれて初めて、一目惚《ひとめぼ》れってものを経験した。相手は男だった。

ちなみに一目惚れをした当人の白雪慧樹《しらゆきけいじゅ》も男なので、これは由々しき問題と言わねばならないだろう。何故《なぜ》なら、慧樹は十九歳になる今日まで生粋《きっすい》の女好きを自認していたからだ。人には言えないヤンチャな時代には、それこそ寄ってくる女は手当たり次第食っていた。そういう自分が、よりによって心を奪われたのが同性だという事実は慧樹を少なからず打ちのめし、しかし一分後に復活した時にはすっかり開き直っていた。

「……あのな」

慧樹の真っ黒な瞳は、惚れた相手に釘づけだ。我ながら感心するほど露骨な目線に、相手もただならぬ空気を感じ取ったらしい。銜《くわ》えていた煙草《たばこ》を唇から離し、フードの付いたジャケットの胸ポケットから携帯灰皿を取り出すと、半分も吸っていない煙草をぎゅっとそこへ押しつけた。それから、気を取り直したように再び口を動かす。

「とりあえず、閉じたらどうだよ？」

「へ……」

「口だよ、口。ついでに涎《よだれ》。垂れてる、垂れてる」

「え？　嘘、マジっ」

「――冗談」

真に受けて狼狽《ろうばい》する慧樹を見て、男はにんまりと笑った。青みがかったサングラスの向こうで、色素の薄い瞳が人を食ったような三日月になる。慧樹の心臓は痛いほど高鳴り、動揺のあまり意に反して相手をきつく睨《にら》みつけた。

「おお、こわ」

ひょいと両肩をすくめ、軽くかわされる。男はどう見ても慧樹より五、六歳は年上で、身長も十センチは高かったが、驚くほど細いせいかあまり威圧感はなかった。ただ、纏《まと》う空気はどこか摑《つか》みどころがなく、決して優男という感じはしない。手足もひょろりと長いが、筋張った手の甲や長い指には独特の色気が漂っていた。

「おまえ、この辺じゃ見かけないガキだな？　どこから流れてきた？」

「放っておけよ。つか、ガキって何だよ。俺は慧樹って言うんだ。……あんたは？」

「は？」

「だから名前だよ！　人が名乗ったら、自分も返すのがマナーだろ！」

さりげなく名前を訊《き》き出すことに失敗して、赤くなりながら逆ギレする。まったく、スマートじゃないにも程があった。慧樹は激しい自己嫌悪に襲われながら、気まずく視線を路上へ落とす。平日の真昼間。繁華街の路地の真ん中で、自分たちの周囲には痛みに呻《うめ》く男たちが四人ほど転がっていた。どいつも口や鼻から血を流し、顔を赤紫に腫《は》らしている。

「あんた……その、危ないところだっただろ。こいつら、しつこく付き纏ってたし。何をやらかしたんだか知らないけど、こういう場所をうろつかない方がいいんじゃないの」

「ああ……うん、おまえ強いのなぁ」

「喧嘩なら自信ある。いつだって、役に立ってやるよ。だから……」

首の静脈が、緊張のあまりドクンと波打った。慧樹は拳《こぶし》にぐっと力を込めると、なけなしの勇気を振り絞って「名前、教えろよ」と言おうとした——が。

「おまえ、今どこに住んでんの」

「へ？」

「余所《よそ》者なんだろ。宿はどこだって訊いてんの」

「あ、えっと……」

自己紹介も何もすっ飛ばして、いきなり住処《すみか》を訊かれるとは思ってもみなかった。慧樹は勢いに押されて口ごもり、何とか泊まっている安宿の名前を思い出す。実を言えばこの街には一昨日《おととい》来たばかりで、まだ右も左もろくにわからない状態だった。

「ふうん、『花青《かせい》』か。てことは、あんまり金持ってないんだな」

ずいぶんと不躾《ぶしつけ》な言い草だったが、図星なので慧樹は黙る。『花青』なんて名前だけは雅《みやび》だが、一泊千円の雑魚《ざこ》部屋でお世辞にも快適とは言い難かった。おまけに寝る時は貴重品を身につけておかないと、いつ盗まれるかわからない。そのせいか軽い寝不足で、よく四人も相手に立ち回りができたものだと今頃になって自分を褒めたくなった。

「そんで、えーと、慧樹だっけ？　これからどうするんだ？　仕事は？」

「いや、とりあえずバイトを探してるとこだけど……」

「資格は何か持ってるのか？」

「……いや」

何なんだ、ここはバイトの面接室かよ。

思わずそんな悪態を吐《つ》きそうになったが、男はしごく真剣な顔をしている。目にかかるほど長い前髪の下で品定めするような視線がバシバシ向けられ、慧樹はたちまち居心地が悪くなってきた。だが、「惚れた相手から凝視されている」という状況に鼓動だけは勝手に速度を増していく。ほとほと途方に暮れかけたとき、ようやく男が口を開いた。

「よし、おまえ採用」

「は？」

「喜べよ？　職なし宿なし資格なし。そんな奴を雇おうなんて酔狂な人間は、都会の掃《は》き溜《だ》めみたいなこの街でも俺くらいだからな。ま、おまえは恩人でもあるし」

「ちょ、ちょっと待て！　何だよ、それ！」

勝手に話を進められても、こちらとしては対応のしようがない。そもそも、慧樹は名前が知りたかったのであって、就職先を斡旋《あっせん》して欲しかったわけではないのだ。

「俺のこと何も知らないくせに、いきなり採用って胡散臭《うさんくさ》すぎるだろ！」

「そうか？　名前は知っているぞ。白雪慧樹。良い名前だよな」

「お、おう」

「年は……未成年なのは確かだな。十七？　十八？」

「十九だよ！」

「よろしい。十九歳の白雪慧樹くん。おまえを今日から我が事務所で歓迎しよう。あ、俺のことは雁ケ音《かりがね》さんとでも爽《そう》さんとでも好きなように呼んでいいから」

「え……」

あんまりサラリと言われたので、うっかり聞き流すところだった。

今、男は自分の名前を名乗らなかっただろうか。

「あの、あんた、名前……」

「ん？　言わなかったっけ？　雁ケ音爽だよ。爽快の〝爽〟な」

事もなげに答えられ、ついでに「よろしく」と人懐こそうな笑顔を向けられる。食わせ者めいた表情はそのままだが、満面の笑みは慧樹をたらし込むのに充分な魅力を放っていた。

くそ、と慧樹は心の中で毒づく。そして、本能に従う決心をした。

この際、爽が何者で彼の事務所が何をやっていようが関係ない。これからずっと側《そば》にいられるならば細かいことはどうでもいい。とにかくここでイエスと頷《うなず》けば、爽との関係が繋《つな》がるのだ。それは、何に於《お》いても優先されるべき事柄だった。

「お世話になります！」

「お～、元気がいいね。よしよし」

深々と頭を下げる慧樹に満足したのか、爽は左手で頭を撫《な》でてくる。普段の慧樹なら、そんな真似をされようものなら半殺しにしているところだが、今は人肌を求める捨て犬の如《ごと》き気分で快く彼の手を受け入れた。

「おまえ、見た目は雑種なのに髪の毛がふわふわだなぁ」

感心したように、爽が呟《つぶや》く。彼の指が髪に絡《から》むたび、指先から煙草の香りが漂った。恐らく、相当なヘビースモーカーなのだろう。

「そんじゃ、今からちょっと付き合ってもらおうか」

「え、どこへ……」

「『堂本組《どうもとぐみ》』の事務所。この時間なら、もう若頭《わかがしら》が来ているはずだ」

「どう……もとぐみ……」

ヤバい、と瞬時に心臓が凍った。

『堂本組』はこの街を仕切っているヤクザで、組織としてはまだ若いが羽振りの良さと世渡りの上手《うま》さでどんどん勢力を拡大中だ。おまけに、先日広域暴力団『和泉会《いずみかい》』と盃《さかずき》を交わして強力な後ろ盾を得たばかりでもある。要するに、超アンタッチャブルな物件なのだ。

「も、もしかして俺が勧誘された事務所って……」

無意識に後ずさりながら、爽のにこやかな顔を上目遣《うわめづか》いに窺《うかが》う。色を抜いた髪、アイスブルーのサングラス。確かに堅気《かたぎ》の勤め人には見えないが、風来坊のような佇《たたず》まいは血や暴力とはまるで無縁に思える――のだが。

「あ、違う違う。俺はそっちの人じゃないから」

パタパタと右手を軽薄に振って、あっさり爽は否定した。何だよ、と慧樹は大きく息をつき、「脅かすなよな」と文句をつける。けれど、続く言葉に一瞬で思考がぶっ飛んだ。

「おまえがのした連中、『堂本組』の構成員なんだ。一言、詫《わ》びを入れておかないと」

「い……っ……」

「若頭にスカウトされたら、ちゃんと断れよな？　おまえ、もううちの人間だし」

「…………」

にこりと食えない笑みを浮かべ、爽は固まる慧樹の頭をもう一度ポンと叩《たた》いた。


東京の下町に位置する朱坂《あけさか》街。

金買取
6F
日焼けサロン
カラオケ歌手
BAR
黒バラ
ビューティサロン
麻雀
しゃぶしゃぶ居酒屋
5F
居酒屋うみ太郎
4F
和ダイニング
桜
にこにこファイナンス

先祖代々の土地に住む旧住民と、余所から流れてきた人間とがごった返し、微妙なバランスの上でそれぞれの領域を踏み越えずに生活を営んでいる。両者を行き来するのは完全に余所者の企業や地域密着型のヤクザなどだが、一部例外的な存在もあった。例えば——。

「はい、お電話ありがとうございます。『葛葉《かつらば》探偵事務所』です。迅速丁寧低料金、街の皆さまのお役に立つべく誠心誠意、ご依頼に取り組んでまいります。浮気調査、ペット探し、家出人捜索にストーカー被害、警察が当てにならない昨今のトラブルにもできる限り対応しております。何しろ、うちの所長は元警視庁捜査一課の警部という肩書きの持ち主で、捜査能力では大手探偵社に引けをとりません。もちろんスタッフも有能な人材を揃《そろ》え、あらゆるご依頼に対処できるよう万全を期しております。それで、お客様のご依頼内容は……あれ？　お客様？　お客様ぁ？　あれ～？」

「アホか、おまえは」

通話の切れた受話器に向かって首を捻《ひね》っていると、思い切り頭をはたかれた。慧樹は顔をしかめて回転椅子をくるりと回し、背後に立っている爽を恨めしく見上げる。

「いってぇなぁ。ホイホイ気軽に叩くなよ、爽さん」

「抜かせ。あんな応対じゃ、客がドン引きするだろうが。何が〝迅速丁寧低料金〟だ」

「だって、あんたが言ったんじゃないか。俺の電話が無愛想すぎるって。だから」

「当たり前だろう。おまえときたら、〝はい、あんた名前は？　何の用事なわけ？　旦那が浮気してる……かもしれない、い、い、い？　おいおい、かもって何だよ、はっきりしねぇなぁ。あのさ、おばさん。ここはお悩み電話相談室じゃねぇんだよ。こりゃ浮気だって確信してから、電話かけ直してきな。大丈夫だって。夜にばっちりサービスでもしてやりゃ、旦那だって口が軽くなるからさ〃――と、こんな調子なんだぞ。バカか。確信が持てないから、うちに依頼をしてくるんだろうが」

「よく覚えてるなぁ……」

「そりゃ、毎回聞かされてりゃな。おまえのお陰で、どれだけ依頼が飛んだと思ってんだ。少しは責任感じろ、くそガキ」

話している間にまた腹がたってきたのか、オマケのデコピンを一発食らった。イテテ、と赤くなった額《ひたい》を擦《さす》っていると、これみよがしな溜《た》め息《いき》が降ってくる。爽はサングラス越しの瞳を苦々しく細め、「俺もヤキが回ったな」と零《こぼ》した。

「おまえと出会った時、少しは使えそうだと思ったんだけど。まさか、ここまでアホだったとは。葛葉は、よく三ヶ月も我慢しているよ。俺が所長ならとっくにクビだ」

「そんな……そこまで言うことないだろ」

「そうだぞ、雁ケ音。慧樹だって、少しは役に立っている。少しは」

「そこ、二回も言うところですか、葛葉さん……」

振り向きざまに、ウンザリした声で慧樹が答える。同時に事務所のドアが開き、所長の葛葉優一《ゆういち》が三つ揃いの上等なスーツ姿で入ってきた。その足元から小さな影がちょろりと走り出し、慧樹目がけて一目散にやってくる。

「けいじゅ、ただいま！」

「おかえり、綾乃《あやの》」

幼稚園の制服を着た少女を抱き上げ、慧樹はそのまま彼女を膝に乗せた。笑ってしまうほど軽いが、それでも三ヶ月の間に日々成長しているのがわかる。子どもってすげぇ、と綾乃を抱き上げるたびに実感するが、以前素直に口にしたら爽に「ガキが何か言ってるよ」と鼻であしらわれてしまった。

「おう、おかえり葛葉。保護者面談、どうだった？」

「……疲れた」

爽の問いにほとんど溜め息で答え、優一は所長席の一際大きなデスクへ腰を下ろす。

優美に撫でつけた黒髪、気品と貫録を滲《にじ》ませた端整な風貌《ふうぼう》。『葛葉探偵事務所』は街一番の繁華街からワンブロック隔てた一角の雑居ビルに居を構えているが、優一の外見は見事なほど雑然とした空間と馴染《なじ》んでいなかった。

「あのね、おとうさんはせんせいにおこられたんだよ。おとうさまは、あやのちゃんのしょうらいをどのようにおかんがえですかって」

「マジかよ、綾乃」

「まじまじだよ」

「慧樹、綾乃に悪い言葉を教えるな。で、マジなのか、葛葉？」

「おまえらな……」

眉間《みけん》に苦悩の皺《しわ》を刻み、優一はジロリと不機嫌にこちらを見返す。爽より二つ年上で幼馴染みの彼は五年前に警視庁を退職後、爽と共同で探偵事務所を開業したのだが、時を同じくして離婚して男ヤモメとなった。別れた妻とは慰謝料を払った直後から音信不通で、以来男手一つで一人娘の綾乃を育てている。

もっとも、三ヶ月前に慧樹が来てからは綾乃の世話はもっぱら慧樹の担当となった。これまでの人生で幼児に関わることなど皆無……と言いたいところだが、実は慧樹は中学卒業まで養護施設で育ったため、子どもの世話はお手のものなのだ。先ほど爽が嘆いた通り、電話番一つまともにできないが、それでも解雇されないのは粗雑な見た目に反した特技のお陰だった。

「まぁ、そのことはまたおいおいな。慧樹、留守中に何かあったか？」

「依頼を一件ぶっ潰《つぶ》した……だよな？　慧樹？」

「す、すいません……」

「……そうか。まぁ、反省しているようだし。それより雁ケ音、おまえが責任を感じろ」

「はぁ？　何で俺が！」

藪《やぶ》から棒に矛先を変えられ、心外とばかりに爽が言い返す。しかし、優一はますます厳しい目つきになり、所長らしい威厳をもって口を開いた。

「おまえ、事務所にいたんだろう。だったら、面白がってないで慧樹のフォローをちゃんとしろ。大体、爽は慧樹の保護者じゃないか。少し無責任すぎやしないか」

「幼稚園の先生から説教食らう奴に、そんなこと言われたかねぇなぁ」

「それとこれとは、話が別だ。ごまかそうとしても無駄だぞ」

「別にごまかしてないし。それに、俺は慧樹を過保護にしたくないし」

「けいじゅ、かほごってなぁに？」

つんつんとカットソーの袖を引っ張り、綾乃が無邪気に尋ねてくる。事務所内の雲行きが怪しくなってきたので、慧樹はこれ幸いと綾乃を抱いて立ち上がった。

「公園で綾乃と遊んできます！」

「おう」

「悪いね、慧樹。頼むよ」

返事だけはしたものの、彼らは睨み合ったまま互いに一歩も引かない態勢だ。やれやれ、と息をつき、慧樹はそそくさと事務所を後にした。

けいじゅ、と手を繋がれた綾乃がこちらを見上げてくる。

「ねぇ、けいじゅ。あのね」

「あ、悪い。歩くの速かったか？」

「ううん、ちがうよ。ねぇ、かほごってなに？」

「それは……」

学のない自分に、はたして幼児にも理解できるような説明が可能だろうか。そんなことを考えつつ言葉を探している間に、寂れた児童公園に着いた。お世辞にも広いとは言えない敷地にブランコとシーソー、ペンキが剝《は》げて不気味なオブジェと化したパンダと象の乗り物があるだけの、実に侘《わび》しい憩いの場だ。それでも近所に他で遊べる場所がないせいか、日中はそれなりに子どもが集まっている。この辺の子どもはあまり裕福ではないので、ゲーム三昧《ざんまい》で引きこもったり塾通いする者はそんなに多くなかった。

「綾乃、何で遊びたい？」

「ブランコ！」

毎回同じやり取りだが、律儀《りちぎ》に慧樹はお伺いを立てる。綾乃は自分のした質問も忘れて空いたブランコへ駆け出すと、ちょこんと腰を下ろして誇らしげに漕《こ》ぎ始めた。

「落ちんなよ」

「はーい」

元気な返事を聞いて、慧樹も近くの錆《さ》びたベンチへ腰を下ろす。自立心が旺盛なのか、それとも他の子の目を意識しているのか、彼女は慧樹が背中を押してやろうとすると一丁前に嫌がったりする。じぶんでできるの、と抗議されてからは近くで見守ることにしていた。

「あら、慧樹くん。今日は遅いのね」

「貴代美《きよみ》さん」

「陽太《ようた》、綾乃ちゃんが来てるわよ。一緒に遊んでおいで」

「うん」

綾乃と同年代の少年を連れた女性が、そう言って息子を送り出す。綾乃は幼稚園から帰ってきたばかりだが、シングルマザーの貴代美はこれから子どもを夜間保育に預けに行くところだ。繁華街の片隅で小さなバーを営業しており、深夜まで働かなくてはならないからだ。慧樹とは何度か公園で顔を合わせるうち、いわゆる『ママ友』のノリで親しくなった。

「え、過保護の説明？」

隣に腰かけた貴代美に相談すると、真顔で問い返される。だが、慧樹が真剣だとわかると彼女もすぐに大真面目になり、「そうねぇ……」としばらく思案した。

「それって、爽さんが慧樹くんにって意味よね」

「うん。あ、いや、否定の意味でだよ？　あいつの態度、過保護とは真逆だから。今日だって気軽に人の頭を叩くし、〝アホ、バカ〟って何回言われたかわかんねぇし」

「あらあら」

何が可笑《おか》しいのか、貴代美はふふふ、と笑みを零す。それから悪戯《いたずら》っぽくこちらを見返すと、少し羨《うらや》ましそうな声音で言った。

「いいじゃない。慧樹くん、充分可愛がられてるわよ。爽さんって人当りが良くて優しいから、普通ならまずそんなことを言ったりしてもらえないもの」

「はぁ？　冗談はよしてくれよ。こっちはいい迷惑……」

「そもそも、慧樹くんの保護者代わりになっているってこと自体が凄《すご》いわよ。別に親戚でも何でもないんでしょう？　確か、街で『堂本組』のヤクザと話しているところへ助《すけ》っ人《と》に飛び込んだのよね？　問答無用で四人を殴り倒しちゃって、その場で爽さんからうちで働かないかって誘いを受けて。もう、この流れだけで〝何なの？〟って感じよ」

「…………」

「爽さん、その件で『堂本組』の上条《かみじょう》さんに借りを作っちゃったのよね。まさか、みかじめ料金の交渉で揉《も》めてたなんて、慧樹くんも思わないものねぇ」

一番痛いところをにこやかに突かれ、慧樹はグウの音《ね》も出ない。

そうだった、爽はこの界隈の水商売系のお姉さん方には殊《こと》の外《ほか》人気があり、貴代美も例外ではないのだった。皆に愛想を振り撒《ま》き等しく付き合いの良い彼が、よりによって未成年の男の子を囲い始めたと、当時はけっこう噂になったらしい。

「そ、それは俺も悪かったと……てっきり因縁つけられてるんだとばかり……」

「まぁ、一人でヤクザ四人を倒した慧樹くんの腕っぷしには、さすがの上条さんも感心して事なきを得たと聞いているし。結果オーライだから、そこはいいんじゃない。それより、過保護に話を戻しましょう」

「え？」

「言っておくけど、ズバリ、慧樹くんは大事にされているわよ。爽さんとは、この街で店を始めた時からの付き合いの私が言うんだから間違いないわ。それはもう、やりすぎなくらい可愛がっていると思うわ」

「えええええ」

賛同しかねる、と声を上げた慧樹だが、貴代美は頭から無視して先を続けた。

「大体、爽さんは優しいけど善人ってわけじゃないもの。基本は損得で動くし、けっこうな守銭奴《しゅせんど》だし。それが、慧樹くんには出世払いで居候《いそうろう》させているんでしょう？　おまけに、最近では資格を取るために勉強しろって言ってるそうじゃない」

「ああ、まぁ……うん……」

「過保護だわよ。そう、綾乃ちゃんに言うといいわ。爽さんが慧樹くんを可愛がる様子、それが過保護ですって」

「貴代美さん……」

確信に満ちた瞳で断言され、反論する気も失せていく。

確かに、傍《はた》から見ている分には「もしかしたら」そういう見方もできるかもしれない。慧樹だって爽には恩義を感じているし、どうしてここまで、と不思議に思うくらい面倒をみてもらっている自負もある。

けれど、自分だって爽に群がる女性のように優しくしてもらいたいのだ。頭は小突くより撫でて欲しいし、罵倒《ばとう》されるより褒め言葉の一つも言って欲しい。だから一生懸命頑張ってアプローチしているのに、爽はいつも知らん顔でオールスルーだ。

「あのさ、貴代美さん。俺、貴代美さんには言ったよな。俺が爽さんのこと……」

「惚れてるって言うんでしょ。はいはい、聞いたわよ。何遍も」

苦笑いで足を組み替え、貴代美はブランコを漕ぐ息子たちへ右手を振る。最初に打ち明けた時は絶句するほど驚かれたが、「爽の方にその気がない」と聞いているせいか、彼女の態度は案外慧樹に同情的だった。

「それで？　何か不満でもあるの？」

「いや、爽さんには感謝してるよ。身寄りも行くところもない俺を、何も詮索《せんさく》しないで置いてくれてさ。それに……その、過保護？　なんだろ。つまり、すげぇ気を配ってるってことだよな。俺のこと、ちゃんと考えてくれてるって意味だもんな」

「ははん」

色恋沙汰《ざた》に聡《さと》い貴代美は、得心したとばかりに唇の端を上げた。

「そうね。家族みたいに良くしてくれてるわよね」

「…………」

「家族になっちゃったら、ますます恋愛対象から遠のいちゃうわよねぇ。それでなくても、同性ってハンデがあるんだし。でも、爽さんって貞操観念が緩いとこあるから、男だからダメってことはないと思うのよね。その辺は、慧樹くんも望み持っていいと思う」

「そう……かなぁ……」

「まぁ、一日も早く自立するしかないんじゃない。庇護《ひご》してもらっている立場じゃ、慧樹くんだって今いち立場が弱いでしょ。あんたの一生は俺が責任をもつ、ってくらいの漢気《おとこぎ》を見せれば、爽さんだって見直してくれるかもよ」

「……うん」

励ましてくれるのは有難いし、貴代美の意見は正しいとも思う。

けれど、いつになったらそんな日が来るのか、と慧樹は途方もない気持ちに襲われた。ただでさえ爽との間には九歳の年の開きがある。この上、あと何年待ってくれと言えばいいのかと考えるだけで暗くなりそうだ。

「あんな顔して、二十八とか詐欺《さぎ》だよな。俺、てっきり二十代前半かと思ってた」

「そうね。急いで口説かないと、爽さんも青年から中年、そして初老へと年食っていっちゃうわよ。その間に、誰かとくっついちゃわないとも限らないし」

「他人事《ひとごと》だと思って……」

「あはは、ごめん、ごめん。さてと、そろそろ行かなくちゃ。陽太、こっちおいで！」

勢いよくベンチから立ち上がり、貴代美は服についた汚れを手早く叩き落とす。初夏に相応《ふさわ》しい爽やかな色味のネイルと、セクシーな身体《からだ》のラインを程よく強調しているミニタイトのスーツ。彼女は七センチのピンヒールで息子を抱き上げると、「じゃあね」と凛凛《りり》しく去っていった。

「相変わらず、かっけーなぁ」

「けいじゅ、あやのおなかすいた」

「ん？　そうか。じゃあ、帰って何か食おうか。綾乃、何が食いたい？」

「けいじゅのやいた、ほっとけーきがくいたい！」

張り切って答えた後、陽太が羨ましくなったのか綾乃は小さな手を慧樹の身体に回してくる。よしよし、と二つに結んだお団子頭を優しく撫で、慧樹は綾乃をひょいと左肩に乗せるとゆっくり歩き出した。

「うわ、たかい！」

「だろ？　陽太くんより、もっと眺めがいいぞ」

「うん！　けいじゅ、すごい！」

きゃっきゃとはしゃぐ綾乃につられて、慧樹もようやく笑顔になる。あれこれ考えたところで現状が変わるわけでなし、不毛な片想いもやめられない。それなら、悩むだけ時間が勿《もっ》体《たい》なかった。貴代美の言うように自立が第一歩なら、爽の側にいられる時は短いのだから。

「あ、そうだ。綾乃、わかったよ、過保護の意味」

「なになに？」

「爽さんが、俺のことを可愛がってる様子、だってさ」

「…………」

「どした？」

「……よくわかんない」

慧樹の首にしがみつき、綾乃が不満そうな声を出す。

言ってる俺にだってわかんねぇよ、と慧樹はもう一度笑った。

爽の住むマンションは、ごく平均的な独身男性が暮らすには充分な間取りだ。

ダブルベッドでいっぱいの寝室、キッチンには小さなダイニングテーブルが置かれ、リビングは大型の液晶テレビとカウチソファが存在感を放ち、ガラスの天板がついたテーブルはノートパソコンと雑誌が占領している。

「女の影がなかっただけ、マシってとこか」

事務所から先に帰った慧樹は、一通りの掃除を終えて「ふぅ」と息をついた。時刻はもうすぐ午後の十時。今は差し迫った依頼もないから、そろそろ爽も帰宅する頃だ。身辺調査などの依頼が舞い込むと二十四時間体制で対象者を見張ることになるので、たちまち生活サイクルはめちゃめちゃになる。優一は綾乃がいるので夜間は家を空けられず、いきおい慧樹と爽が交互につくので顔を合わせるのは交替時のみ、なんて事態もザラだ。慧樹が来るまでは時々優一の弟が手伝いに来ていたらしいが、まだ顔を合わせたことはなかった。

「遅いな……」

夜食のうどんも下ごしらえが済み、やることがなくなった慧樹はソファに座り込む。さっきの呟きが示す通り、ぐるりと見回したリビングは雑然として女っ気がなく、初めて足を踏み入れた時にもホッとしたのを思い出した。

「遊んでるのは確かなんだから、家に連れ込んでないだけだろうけど」

洗面所や寝室にも、特別な存在を匂《にお》わせる痕跡はない。だが、爽はヒマだと週の半分は外泊するし、そういう夜は女の部屋に泊まっているのもわかっていた。ちゃんと帰宅した場合でも、香水の移り香を不愉快なほど撒き散らす。まったく「来る者拒まず」を地でいくような男だった。

「そういや、去る者はどうすんだろな」

手持無沙汰なのでクッションを抱え、慧樹は想像を働かせてみる。同居してまだ三ヶ月だから一概には言えないが、あまり痴情のもつれ等には縁がないようだ。貴代美も「そこは保証する」と請け負っていて、要するに誰とも深くは付き合わないのだろう。

『貞操観念が緩いとこあるから、男だからダメってことはないと思うのよね』

不意に、公園で言われたセリフが脳裏をよぎった。

いいこと言うぜ、貴代美さん、と心の中でガッツポーズを取り、慧樹は出会いから一連の出来事を振り返ってみる。

そもそも一目惚れだったのだから、よほど鈍くない限り、爽はこちらの気持ちに気がついているはずだ。慧樹もはっきり言葉で告白こそしていないが、好意を隠そうとは思っていないので尚更だった。男同士だし、年齢差はあるし、ハンデだらけなのは承知している。だが、健気《けなげ》に想いを耐え忍ぶのは慧樹の柄ではなかった。

「だって、どうせバレるもんな。俺、嘘つくの下手《へた》だし」

貞操観念うんぬんならば、自分だって人のことは言えない。

十三歳で脱童貞してから十八歳で「真っ当に生きよう」と決心するまで、それこそ慧樹の生活は乱れまくっていた。およそ思いつくプレイは試してみたし、クスリや乱交、ＳＭまで全て経験済みだ。やらなかったのはレイプくらいで、それだけは「嫌がる女に突っ込んで、何がいいんだかわかんねぇ」と興味を掠《かす》りもしなかった。だが、とにかく自慢できる過去ではないことだけは明らかだ。今は慧樹も恥ずかしいと思っているし、できるなら忘れてしまいたいのだが、時間を巻き戻すことが叶《かな》わない以上、過去は背負って生きていくしかない。そんな想いも手伝って、もし誰かを本気で好きになることがあったら、たとえどんな相手であろうと今度はその気持ちを大事にしようと決めていた。

「まさか、男相手に一目惚れとかありえねーし。意表、突かれすぎだよな」

ひょっとして、好き勝手やってきた罰なんだろうか。

一時は本気でそんな風に考えてもみたが、だからと言って爽に惹《ひ》かれる気持ちがなくなるわけではない。だから、不毛な発想は捨てることにした。その分の脳みそを駆使して、どうやったら爽を口説き落とせるか、考えてみた方がいい。

「……とは言うものの……」

実際、爽のどこに一瞬で惚れたのか、慧樹自身にも上手く説明ができないのだ。ヤクザに囲まれた彼が慧樹の「あんたら、何やってんだよ」の一言でこちらを振り向いた時、今まで感じたこともないような痺《しび》れが全身を走った。

整った顔ではあるが絶世の美男子ではないし、女のような、という形容詞もまるで当てはまらない。身体は細いが服から覗《のぞ》く手首や首筋は引き締まった肉体を思わせたし、声だって耳触りの良い甘さを含んではいるが間違いなく男のものだ。

それなのに、好きだ――と思った。

単なる好意ではなく、性的な欲望を伴った感情だった。

「ちょっと禁欲生活が長かったしな。センサー、錆びついてた可能性は否めないけど」

だが、どんな言い訳も慧樹の心には響かない。

男に惚れてしまった、という驚愕《きょうがく》の事実と、これからどうしよう、という不安とで頭は容量いっぱいまで占領されていた。それは、成り行き任せで同居までもつれこんだ現在でも同じだ。とにかく爽を独り占めしたい、ベタベタいちゃつきたい、と望みの方向性だけははっきりしているものの、肝心の相手がなかなか帰ってこない。

「――あ」

テーブルの上の携帯に、メールの着信があった。慧樹はクッションを放り出し、爽からだ、と確信する。

『ごめん、今夜は友達の家に泊まる。明日、事務所でな。おやすみ』

短い文章に目を通し、「やっぱり」と「またかよ」の言葉で脳内が埋め尽くされた。こういう時、メールで良かったと心の底から思う。もし電話だったら、女房面《にょうぼうづら》する鬱陶《うっとう》しい女みたいにぐちぐち文句を並べていたかもしれない。

『わかった。じゃあ、ベッド使うから』

『了解。シーツに涎垂らすなよ』

『するかよ、ばーか』

簡単なやり取りを終え、溜め息と一緒に携帯を閉じた。

うどん、どうすんだよ、と小さく口の中で呟いてから、もう一度深々と息を吐き出す。この家にはベッドが一つしかないので、基本はソファで寝起きしている慧樹も爽が留守の夜は寝ていいことになっていた。ダブルベッドだし一緒でもいい、と言ってみたこともあるが、軽く笑われてお終《しま》いだ。自分に気のある相手と同じベッドで眠るなんて、まぁ普通は避けるだろう。

「今週は、外泊四回目だぞ。何が友達の家だよ、白々《しらじら》しいな」

そんなに警戒しなくたって、襲ったりなんかしねぇよ。

胸でそう続けてから、何だかひどく淋《さび》しくなる。こんなに放置されているのに過保護だなんて、貴代美は一体どこを見ているんだろう。八つ当たりしながら慧樹は立ち上がり、ひとまずうどんをやけ食いしようとキッチンへ向かっていった。

綾乃の送り迎えは、通常慧樹の役目だ。昨日は面談があったので優一が迎えに行ったが、今朝はマンションのエントランスで時間通りに二人が出てきた。

「おはようございます、葛葉さん。おはよう、綾乃」

「おはよう、慧樹」

「おはよう、けいじゅ」

父親の口調を真似て澄まし顔を作る綾乃に、こら、と笑いながら怒ってみせる。きゃーと声を上げて優一の足にしがみつき、綾乃はけたけたとご機嫌な笑い声をたてた。

「あれ？　綾乃、今日はお団子作ってないのか？」

「だって、おとうさんがねぼうしたんだもん」

「寝坊？　珍しいですね、葛葉さんが寝過ごすなんて」

おいで、と綾乃を呼んで手を繋ぎながら、慧樹は深く考えずに問いかける。すると、優一はいかにも決まりが悪そうに口元を手で覆うと、あからさまに視線を逸《そ》らした。

「雁ケ音が……」

「え、爽さんですか？」

「……ちょっと深酒をして。あいつ、夜にいきなり訪ねてくるし」

「そうちゃんは、まだねてまあす」

「…………」

言い訳がましく語尾を濁す優一に、綾乃の無邪気な一言が重なる。だが、慧樹は内心穏やかではなかった。優一のところに泊まったのなら、何故「友達」だなんて曖昧な言い方をしたのだろう。まるで、行き先を知られたくなかったようだ。

「あの、じゃあ爽さんは出社は……」

「綾乃と二人でさんざん叩き起こしたんだが、まったく効果なしだ。こちらも遅刻してしまうので、やむなく諦《あきら》めて置いてきた。そういうわけだから、慧樹も今日はあいつを当てにしない方がいいぞ。雁ケ音め、出てきたら厳重注意だ」

「つまり、まだ葛葉さんのマンションに？」

「ああ。合鍵を持っているから、起きたら勝手に出てくるだろう。まったく呆《あき》れた奴だ」

「合鍵……」

ダメ押しの単語が優一から飛び出し、慧樹の胸がヒヤリと冷たくなった。二人は昔馴染みだし、優一は幼い子どものいる父子家庭だ。万一の場合に備えて爽が合鍵を持つのは、極めて自然な話に思えた。だが、理屈では納得していても、感情がそこに追いつかない。せめて、正直に「葛葉の家に泊まる」と言ってくれればまだ違っていたのだが、秘密にされたということのショックは大きかった。

「慧樹？　どうした、大丈夫か？」

「え……あ、すいません。大丈夫です。ちょっと昨夜《ゆうべ》のうどんが……」

「うどん？」

「食い過ぎちゃって」

「いいなあ。あやのも、けいじゅのつくったおうどんたべたいなぁ」

綾乃は慧樹の調理したものだと、何でも好き嫌いなく食べるんだ。以前、優一がそう言って苦笑したことがあるが、今も「うどん」と聞いて大騒ぎをしている。お陰で何とか場をごまかすことができ、慧樹は「今日の晩ご飯は、うどんな」と彼女と指切りをした。毎日と言うわけではないが、タイミングが合う時は彼女の食事も面倒をみてやっているのだ。

（くそ、何が『明日、事務所でな』だよ。来ないんじゃないか）

綾乃を真ん中にして三人で歩き出しながら、心の中でさんざん毒づく。

いっそ、起きるまで携帯を鳴らし続けてやろうか。あれこれやと憤慨しながら、慧樹は綾乃が即興で作った『うどんの歌』に合わせて「うーどん、うーどん」とくり返した。

「あ〜、うどんかよ。俺も食いたかったなぁ」

昼過ぎになってのろのろと事務所へ出てきた爽は、三十分に及ぶ優一の説教が終わるなり呑気《のんき》なことを口走ってまた顰蹙《ひんしゅく》を買った。おまけに深酒の影響で目は死んでいるし、髪の毛もボサボサだ。さすがに洗顔と髭剃《ひげそ》りはしてきたようだが、それも優一の家でかと思うと慧樹は非常に面白くなかった。

「食いたいっつっても、帰って来なかったのはそっちだし」

「いや、それはさ……」

「おまけに、何か嘘つかれたし。葛葉さんのところに泊まるなら、正直にそう言えばいいじゃないか。はっきり言って気分悪い。そんな奴に食わせるうどんはないね」

「おいおい、大袈裟《おおげさ》だな。昨夜は、本当に別のところに泊まる予定だったんだよ。けど、何つうか、いわゆる不都合な事態が起きたんで……そんで、まぁ……」

「不都合な事態？　大方、間男してるところに本命が帰ってきたとか、そういうことだろ。それなら、寄り道しないで家へ帰ってくればいいじゃないか。何で、そこで葛葉さん家《ち》なんだよ。納得いかねぇよ」

「いや、だっておまえがベッドを……」

あまりの剣幕にたじたじとしつつ、爽は言い難《にく》そうに口を動かす。

「ベッド？　ベッドが何？」

「だから、メールで喜んでただろ。今夜はベッド使えるって。それなのに急に帰ったら、その方ががっかりするんじゃないかなぁ、とかさ」

「バ……」

「ん？」

「バッカじゃねぇの！　あれは、爽さんのベッドだろ！　何、変な遠慮してんだよ！」

思わず声を荒らげると、それまで黙って会話を聞いていた優一が盛大な溜め息をついた。

その音がやたら深刻だったので頭に血が上っていた慧樹も我を取り戻し、慌てて所長席の方を振り返る。だが、視界に映ったのは白《しら》けきった冷ややかな眼差《まなざ》しだった。

「おまえらな」

「………………」

「同棲カップルの痴話喧嘩を、三人しかいない狭い事務所内で繰り広げるな」

「カップルじゃないし！」

二人で同時に言い返し、またしても優一に溜め息をつかせる。だが、照れ隠しも含んでいた慧樹に比べて、爽は本心から否定している響きだった。そのことに小さく傷つき、慧樹はふて腐れたまま自分の席へ戻る。肉体的には暇でも、紙仕事でやるべきことはたくさんあった。電話番は不向きでも、パソコンを弄《いじ》るのはけっこう好きな方だ。

「おっと、呼び出しだ。悪い、雁ケ音。ちょっと出てくる」

「城島《じょうじま》さんか？」

「ああ。また忙しくなるかもな」

携帯を覗いた優一が立ち上がり、ハンガーにかけていた上着を摑んできびきびと身支度を整え始めた。その姿は、まるでモデルか役者のようだ。元がキャリア組のエリート刑事だったのも、納得のカッコ良さだった。

「行ってくる。遅くなるかもしれないから、定時になったら上がってくれ。慧樹、すまない

が綾乃をよろしくな」

「了解です。爽さんのマンションに帰ってますから、後で迎えに来てください」

「うん、頼む」

優雅な笑顔を残して、優一が出て行った。容姿、性格、頭脳と非の打ちどころがないのに、奥さんはどうして離婚なんか言い出したのだろう。

「おまえ、葛葉に見惚《みと》れてんのか。案外、守備範囲が広いなぁ」

「はぁ？」

聞き捨てならない言葉に、慧樹は背後に立つ爽を胡散臭げに見上げた。冷やかすような笑みをニヤニヤ浮かべ、いつものアイスブルーのサングラスをかけた顔が見返してくる。右手の指には、早くも火のついた煙草が挟まれていた。

「……見惚れちゃ悪いかよ」

挑発に乗るような形で、つい慧樹も憎まれ口を叩いてしまう。

「葛葉さんは、マジカッコいいし。警視庁を辞めた今も昔の同僚とのパイプがあって、それで何かと仕事を回してもらっているんだろ。お陰で、弱小探偵事務所でも何とかやっていけているんだよな。あんたさ、共同経営者なんだからちょっとは見習えよ」

「お、言うねぇ」

美味《うま》そうに煙草の煙を吐きだし、飄々《ひょうひょう》と爽は言い返した。

「仕事を取ってくるのは、葛葉の担当だからな。俺は、現場で実際に動く担当。上手く役割分担できているんだよ。そうカリカリすんなって、保育担当」

「な……ッ……誰が保育……っ」

「実際、綾乃の懐きっぷりは見事じゃないか。あいつ、ガキのくせに妙におとなしいし、食も細いんで葛葉も葛葉の弟も困り果てていたんだ。それなのに、慧樹、おまえが来てからはずいぶん明るくなったし笑うようにもなった。どういうわけだか、綾乃は一発でおまえを気に入ったようだからな。おまえ、女たらしの素質あるよ」

「嬉《うれ》しくねぇし」

「いいから、素直に喜べって。俺も葛葉も、おまえには感謝している。これは本当だ」

「…………」

さっきまで憎らしかったのに、不意に真顔で感謝される。こうなると怒りの矛先をどこへ持っていけばいいのかわからなくなり、慧樹はたちまち返答に詰まった。

ずるいよなぁ、と心の中で呟き、それでも彼らの役に立っていることが嬉しい。物心ついてからずっと、他人から褒められたり認められたりした記憶があまりないので、動揺のあまり心拍数まで上がってきた。

「おい、慧樹。どうした、顔が赤いぞ」

「な、何でもない。それよか、いい加減本数減らせよ。煙いんだよ」

「ふぅん……？」

チョロイ奴だと思われたくなくて、殊更乱暴な態度で爽に背を向けようとする。だが、素早く伸びた爽の手が回転椅子の動きを止め、強引に向きを彼の方へ戻してしまった。

「何すんだよ。俺、仕事が……」

「顧客リストの打ち込みだろ。そんなの急ぎじゃないし、気にすんな。どうせ大した数じゃないんだ。それより、本当に何でもないのか？　熱とか出してないよな？」

「熱……」

それなら、とうの昔に胸まで侵している。

反射的にそう答えそうになり、慧樹は慌てて口を閉じた。爽への恋心は隠していないが、はっきりと告白したわけではない。答えを求めないうちは、曖昧な関係のまま彼の側にいることができるからだ。さすがに今の状況で両想いは難しいし、もう少し時間をかけて勝率を高めていければと思っていた。

——けれど。

「別に……熱なんか……」

しどろもどろになりながら、慧樹は爽の視線を避けようとした。もしや、心配している振りをして彼は自分をからかっているのかもしれない。そこまで悪趣味とは思いたくないが、自分が見つめれば慧樹が狼狽することくらい察しがつきそうなものだ。

「熱なんか……ないし……うわっ」

「おお。相変わらず、さらっさらなのにふわっふわだ」

「や、やめろよっ。髪、ぐしゃぐしゃになるだろっ」

「慧樹の頭、触り心地がいいんだよな。髪の毛が柔らかくて、愛《め》で甲斐《がい》があって」

「いいからっ。愛でなくていいからっ」

冗談じゃない、と慧樹は焦った。これでは完全にオモチャ扱いだ。普段は適度な距離を保ちながら一緒にいるのに、ごくたまに爽は垣根を越えてくることがある。

「もう、いい加減にしろって！」

たまりかねて、思い切り爽の右手を払った。予想より強い力が入り、内心（しまった）と後悔する。数秒の気まずい沈黙の後、おずおずと目線を上げてみると、まるで何もなかったような涼しげな顔で煙草をくゆらせる爽がいた。

「爽さん……？」

「ん？」

「あのさ、その……」

ここで「ごめん」と謝るのも、何だか変な感じがする。だが、気詰まりな空気には耐えられなかった。慧樹は機嫌を窺うように爽を見つめ、考えていることがまるで読めない横顔を凝視する。興醒《きょうざ》めしたのか怒っているのか、それさえちっともわからなかった。

「えと、あの……俺……」

「ごめんな、慧樹。ちっと悪ふざけがすぎた」

「え……」

唇に銜えた煙草が上下し、にかりと笑った爽がこちらを見る。彼は慧樹と視線を合わせたまま深々と煙を吸い込み、次いでゆっくりと時間をかけて吐き出した。

「おまえが、葛葉のことばっかり褒めるしさ。まぁ、あいつは本当にカッコいいからな。昔から何をやらせても優秀で、隙《すき》のない美丈夫《びじょうふ》に見えて天然なところもあって。何つうか、ずいぶんと二次元に近い男なんだよなぁ」

「…………」

「今は綾乃もいて大変だし、本人がちょっと放っておけないところもあるだろ？　慧樹が気にかけるのも無理ないな。俺も付き合いは長いけど、離婚してからの葛葉は……」

「……だからかよ」

落胆を抑えきれず、声に滲ませながら慧樹は呟く。

ここで責めるのはお門違いだとわかっていても、どうしても言わずにはいられなかった。

「昨日、何だかんだ理由つけて葛葉さんの家へ行ったのは、あの人が放っておけなかったからなんだろ。付き合い長いし？　大変な時だし？」

「おい、慧樹」

「ベッドがどうだとか、わけわかんない理屈並べやがって。何、俺が葛葉さんを褒めるのはそんなに気に入らないんだ？　もしかして、爽さん、俺に妬《や》いてんの？」

「はぁ？　なんで、そういう発想になるんだよ」

「俺が知るかよ！」

自己嫌悪にかられ、慧樹は椅子から立ち上がった。

「俺、綾乃を幼稚園まで迎えに行ってくる」

「おい、ちょっと待て。慧樹、何を怒ってんだ？」

「怒ってねぇよ」

「からかったことは、謝っただろうが。因縁つけるなんて、感じ悪いぞ」

「…………」

やっぱり、からかわれていたのか。

愛で甲斐がある、なんて調子の良いことを言われて、狼狽した自分が恥ずかしい。慧樹はこれ以上余計なことを口走らないよう、きつく唇を嚙《か》んで押し黙った。勝手にテンパッて一人で熱を上げて、さぞかし愉快な光景だっただろう。今まで、爽がこちらの気持ちを揶揄《やゆ》するような行動に出たことがなかっただけに、受けたダメージは大きかった。

「……行ってくる」

「おい、慧樹！」

「遅れると、綾乃が可哀想だから」

そうまで言われては、爽も食い下がれなかったようだ。引き止めかけた手を止め、代わりに小さく溜め息を漏《も》らす。その憂鬱《ゆううつ》な音に見送られながら、慧樹は事務所を後にした。


ああ、ちょっと失敗したなぁ。

嘆息混じりに心の中で呟き、爽は吸っていた煙草を灰皿で揉《も》み消した。

事務所で、喫煙習慣があるのは爽だけだ。日頃から葛葉にうるさく言われている通り、吸った後は路地に面した窓を開け、夕暮れの風を室内へ呼び込んで換気をした。初夏の温《ぬる》さは胸をざわつかせ、不思議な懐かしさを爽に与えるが、具体的な思い出があるわけではない。

だが、優一と初めて会ったのも、ちょうど今くらいの季節だったのはよく覚えている。

「高校……だったっけな」

新入生の爽が途中入部した剣道部で、当時三年の優一は主将を務めていた。引退を控えた彼は夏前の試合が最後で、爽は胸を熱くして応援したものだ。当時は部内での上下関係が非常に厳しく、現在のように呼び捨てにし、軽口を叩くなんて考えられなかった。

「あいつ、めちゃめちゃ強かったよな。全国大会で個人三位。有終の美を飾って、ヒーローみたいな顔で引退していったっけ。まさか、男ヤモメの探偵になるとはなぁ」

ストレートでT大に合格し、好きな剣道を仕事でも活《い》かせるという理由から優一は警察官になった。官僚は目指さないのかと訊くと、柄じゃないと笑って流された。彼を追いかけるように爽もT大に入り、剣道も続けていたが、あまりに迷いのない優一の生き方にあてられてしまい、大学も剣道も程なくしてやめてしまった。

「……お、慧樹か」

開け放した窓の下を、綾乃の迎えに出て行った慧樹が歩いていく。事務所は六階なので声は届くだろうが、ぷんすか怒っていたのを鑑みて遠慮しておいた。

『もしかして、爽さん、俺に妬いてんの？』

ふと、自棄《やけ》気味に突っかかられた慧樹の言葉が耳に蘇《よみがえ》る。どうして、子どもは気持ちをオブラートに包んで発言することができないのだろう。しかも、何がきっかけでそんな発想に至ったのか、出発点がまるきりわからない。

「それにしても、目立つ奴だよなぁ……」

慧樹は、爽の視線にも気づかず黙々と前だけを見て歩いている。やや速足なのは、まだ怒りが燻《くすぶ》っているからだろう。百七十半ばの細い身体を七分袖のTシャツとデニムに包み、街の連中から特別浮いた格好もしてないのに何故だか目が引き寄せられる。それは以前優一も言っていたので、客観的な事実だと思う。

「面白いっちゃ、面白いけどな。物凄い美形ってわけでもないのに、妙なフェロモン垂れ流してるし。本人、まるで自覚なさそうだけど」

勝ち気で生意気な表情は、人によっては嗜虐心《しぎゃくしん》や征服欲をそそる要因になるだろう。少年ぽさの抜けきらない凛々しい顔立ちと、相反して印象を柔らかくしている大きな黒目は女性受けも良さそうだ。

しかし、何より特徴的なのは慧樹の佇まいだった。本人は意図していないようだが、醸し出す空気が他人の神経を悩ましく刺激する。仕草や目線が時に思わせぶりで、側にいるとあらぬ妄想をかきたてられそうになるのだ。無自覚に甘えられた日には、性別関係なく誤解する輩《やから》も多かっただろう。

もっとも、爽も色恋の場数を踏んでいるだけあってうかうかハマったりはしない。そうでなくては、慧樹が全身から発する秋波に無頓着な顔は続けられなかった。

「あ〜あ、行っちゃった」

角を曲がった慧樹が見えなくなり、爽はショートフィルムを一本観たような気分になる。ひょんな経緯《いきさつ》から面倒をみている相手が、ただ歩いていただけ。たったそれだけなのに、ほんの一瞬胸が締めつけられるように淋しくなった。

「なんか、キモいくらい乙女だったな、今……」

我ながら寒いぞ、とうそぶいて窓をさっさと閉める。先ほど、うっかり自制せずに構い倒した影響かもしれなかった。爽は新たな一本に火をつけると、自分を取り戻すべく吸い始める。換気の意味ないな、と笑いがこみ上げてきた時、パンツの尻ポケットに突っ込んでいた携帯電話が鳴り出した。

「葛葉……」

発信元を確かめると、元同僚からの呼び出しで出かけていった優一からだ。爽は急いで煙草を揉み消すと、何食わぬ顔で電話に出た。

「はい、雁ケ音」

『葛葉だ。おまえ、今どこにいる？』

「どこって、事務所だよ。慧樹が幼稚園のお迎えに行ったんで、一人で淋しくお留守番中」

『そうか。じゃあ、先に雁ケ音に伝えておく。俺は今から戻るが、新しく仕事が入った。資料はそっちのPCに添付して送るから、ざっと目を通しておいてくれ』

「了解。さすが城島さん、いつものことながら有難いね。今度、事務所で接待しようぜ、接待。カワイ子ちゃんはいないけど、綾乃に酌でもさせればコロリだぜ」

『そんな接待は、俺が全力で阻止する』

いっきに声音が冷ややかになり、爽は調子に乗って地雷を踏んだことに気づく。単なる戯《ざれ》言《ごと》なのに融通の利かない奴、と八つ当たり的に思い、しかし賢く黙っておいた。

『依頼内容は、ある弁護士の身辺調査だ』

「弁護士の……？」

『ああ。何かと胡散臭い噂が絶えないのに、顧客にはけっこうな政治家や実業家が名前を連ねている。城島さんも、よその課から頼まれたんだそうだ。警察もリストラの嵐で、どこも捜査員が足りないからな』

「ふぅん、弁護士先生……ね」

身辺調査はお手のものだが、対象が弁護士というのはレアなケースだ。ますます興味を引かれ、爽は心を弾ませながら「そんじゃ、帰りを待ってるよ」と電話を切った。

2

「けいじゅのおうどん、おいしーい」

子ども用の小さなお椀を両手で持ち、汁までたいらげた綾乃が満足そうに笑う。朝の約束通りに夕食でうどんを作ってあげたのだが、見事な食べっぷりに慧樹も嬉しくなった。

——と。

「慧樹のおうどん、おいしーい」

「……可愛くないから」

「なんだよぅ、その態度は。綾乃と差をつけすぎだぞ」

綾乃の隣で同じように丼《どんぶり》を抱え、爽が恨みがましい目で文句を言ってくる。しかし、幼女に便乗して「俺も食う」と言って引かなかった人間に、どう優しく接しろと言うのか。どうしても生温かな目で見てしまうのは、この場合仕方がないだろう。

「いや、でもマジで慧樹は料理が上手いよな」

「へ？」

「冷蔵庫の残りもんとかで、ささっと何か作るじゃないか。手際もいいし、味付けもばっちり。綾乃なんか、好き嫌いなく何でも食べるようになったしな」

「のこすと、けいじゅがしょんぼりするんだよ」

とっておきの秘密を打ち明けるように、声を落として綾乃が爽へ耳打ちをした。こら、と慌てて叱ったが、彼女は楽しそうに笑い転げている。もう少しすると眠くなってきてぐずりだすのだが、その際の対応もすっかり慧樹は心得ていた。

幼稚園から綾乃を連れ帰り一度は事務所に戻ったのだが、「すぐ戻る」と言った優一が一向に帰ってこない。仕方なく定時で慧樹だけ綾乃と事務所を出たが、一時間もしないうちに爽までマンションへ帰ってきた。何でも、優一から連絡があって急用ができて戻りが遅くなるらしい。用事を終え次第綾乃を迎えに行くから、と言われ、爽もうどんを目当てに寄り道しないで帰宅の途についたようだ。

「葛葉さん、どうしたんだろう。新規の依頼の件、帰ったら詳しく話すって言ってたんだろう？　あんまり、自分で言った予定を崩す人じゃないのに」

「う～ん……ま、あいつだって外へ出ればそれなりに野暮用も増えるさ。綾乃がいるから、普段はそうそう羽目も外せないしな。たまにはいいんじゃないの」

「たまには、ね」

少し含んだ言い方をすると、爽は知らん顔で食後のコーヒーを啜《すす》った。うっかり余計な返事をすれば、藪蛇《やぶへび》になりかねないと思ったらしい。慧樹も、言ったそばから（これじゃ感じの悪いカノジョみたいだよな）と気恥ずかしくなり、昼間の言い合いが尾を引いているのを

嫌でも自覚せざるを得なかった。

「……あ、綾乃寝ちゃったみたいだ」

空気を変えようとキッチンを離れ、リビングのソファを覗き込む。先刻まで慧樹にしがみついてベソをかいていたが、うとうとし始めたので寝かせておいたのだ。綾乃専用のアニメのキャラクター柄のタオルケットから小さな身体が半分はみだしていたので、そっと整えてやりながら慧樹は口を開いた。

「あのさ、爽さん。昼間は……ごめん」

「ん？」

何のことやら、と今ひとつ爽の返事ははっきりしない。わざとなのか本心なのか、話の先を続けるのにためらいが生じたが、思い切って慧樹は言った。

「俺、変なこと言ったよし。爽さんが……その葛葉さんに……」

「ああ、その話か。ま、ちょっと驚いたけどな。けど、改まって謝る必要ないから」

「え……」

「どうせ、勢いで口にしただけだろ。慧樹、脊髄反射でものを言うからな。今夜のうどんで帳消しだ。な？」

「……うん」

何となくすっきりしなかったが、ともあれ許してくれたのでホッとする。二人が学生時代からの親友で他人の割り込めない絆《きずな》があるのは知っているが、多分そこに自分は嫉妬したんだろう。事実、人当りの良い爽が憎まれ口を気軽に叩くのは、優一と拾ってきた慧樹にだけだ。貴代美が慧樹を「過保護にしている」と言うのなら、同じように優一も特別な存在なのだと思う。

「あんまり考え込むなって。脳の容量超えちまうぞ」

「失礼だな。そこまで小さかねぇよ」

マグカップを片手に持って、爽が隣へやってくる。雑談を交わしながら二人して綾乃の寝顔を見下ろし、ふとした弾みでそのまま目線が絡まった。慧樹の心臓が音を立て、動揺を顔に出すまいと苦労する。ここで狼狽したら、昼間の二の舞だ。

「あ、あの……」

「…………」

「葛葉さん、遅いよな。もう八時過ぎてるのに。そうだ、電話してみようか」

声が変に上ずったりしないよう、一生懸命に取り繕う。だが、慧樹の苦労を知ってか知らずか、何故だか爽は黙ったままだった。内心（困ったな）と思いながら、それでも慧樹は場を離れられない。一緒に暮らしているとはいえ、外泊がちな爽と二人でゆっくり話す機会などあまりないことだったので、心のどこかが行動を引き止めていた。

「——慧樹」

アイスブルーのレンズ越しに、物言いたげな瞳が向けられる。何、と答えようとして、声が上手く出てこないことに慧樹は戸惑った。

だが、雰囲気に呑《の》まれてその気になっても、ギリギリでかわされるに決まっている。爽には、慧樹と恋愛する気がないからだ。それでも優しくしてもらえるだけで良しとするべきだろうが、生憎《あいにく》とそこまで良い子にはなれなかった。

「あのさ、その……そういうの困るから」

今度は怒りに任せて話さないよう、努めて感情を抑えて慧樹は言う。「ん？」と目線で問い返されたので、腹を括《くく》って先を続けた。

「思わせぶりに見られたりとか、急に黙ったりとか。俺、バカだから空気読めないし」

「…………」

「爽さんが皆に愛想良くて、来る者拒まずで楽しくやってるのはいいけどさ。俺は、そういうノリ、興味ないから。もし……あくまで〝もし〟だけど……爽さんが俺に手を出そうって思うなら、ちゃんと俺に執着してくんないと意味ないから」

「慧樹……」

「あ、本当に〝もし〟の話だからなっ。いや、貴代美さんがさ、爽さんは貞操観念が緩いから男もイケるんじゃないかって、何かそういうこと言ってたし……」

慌てて付け足した最後の言葉で、みるみる爽の表情が渋くなる。しまった、と思ったがもう後の祭りだった。爽は「貴代美の奴……」と苦々しげに呟き、さっさと慧樹から離れてしまう。せっかく真面目《まじめ》に話すチャンスだったのに、と迂闊《うかつ》な一言を悔いていると不意に「慧樹」と声をかけられた。

「今日、おまえに謝るのは二度目だな。でも、おまえがそんなに困るなら悪かった」

「爽さん……」

「ダメなんだよな、おまえを見ていると。何か、つい構いたくなっちまって。でも、確かに慧樹の言う通りだった。ちょっと思わせぶりだったよな、悪い」

「……うん」

目線をゆっくりと下げて、慧樹は神妙に頷いた。爽はチャラチャラしているようで、時々生真面目《きまじめ》な顔を見せる。もしかしたら、こちらが彼の素なのではないかと思うくらいだ。

「そんでさ」

「え？」

急に口調を悪戯っぽく変えて、爽は腕を組んだポーズでひょいと屈《かが》んできた。

「念のために訊いておくが、おまえ、俺が執着したら応える気があるの？」

「えっ……えっ？」

「……そうか」

狼狽してまだ何も答えていないのに、爽はニコリと話を終わらせる。質問の意図はまるでわからなかったが、どうやらふざけて口にしたわけでもなさそうだ。ただ、わざわざ言葉で確認しなくても出会った瞬間から慧樹の好意はダダ漏れだったはずなので、何だかやたらと気恥ずかしかった。

（俺が執着したら……って、そんな気なんかないくせに）

気を持たせやがって、と悪態を吐きつつも、無下にシャットアウトされなくて良かったとも思う。爽の中でも、小さな可能性の一つにカウントされている——そう考えるだけで、もうしばらく側にいてもいいんだと少しだけ安心できた。

（けど、もし本当に爽さんが俺に執着なんか見せたら……どうなるかな……）

無意味な期待はすまい、と思っていても、つい想像が働いてしまう。しかし、ほんの数秒甘い妄想をしただけで「うわ」と慧樹は声を上げた。そんな時がきたら、恥ずかしくて死んでしまいそうだ。

（ああ、もう。何か自分で自分が信じらんねぇよ。俺、爽さんと出会ったせいで頭のどっかがぶっ壊れたんじゃないかな。そんで、リセットされたんだ。そうでなきゃ、何で今更妄想くらいで取り乱してんだよ。童貞かっつーの）

邪《よこし》まな想いが膨らみ出して、何だか綾乃の近くにいるのが申し訳なくなってきた。爽はいつの間にかリビングから出て行ったので、今のうちに風呂の支度でもするかと思う。依然として優一からの連絡はなく、この分だと迎えは夜半になるかもしれなかった。

ところが。

「慧樹、葛葉から電話がきた。今から来るってさ」

「え、マジで?」

廊下に出たところで、爽に摑まった。綾乃がいるところでは喫煙しない、が暗黙のルールになっているので、どうやら寝室のベランダに出て煙草を吸っていたようだ。

「何だか、ちょっと様子がおかしかった。あいつ、もう一件依頼を持ち込んでくるみたいだな。忙しくなるがよろしく頼む、なんて妙にしおらしく言っていたし」

「もう一件って、弁護士の身辺調査以外に?」

「ああ。二件重なるなんて、うちじゃ珍しいけどな。慧樹、おまえにも働いてもらうぞ。保育担当兼雑用係だ。頑張れ」

「それ、全然出世してないし」

冷ややかにツッコむと「あはは」と陽気に笑い、爽は右手に持っていた携帯電話を再び尻ポケットにしまった。いちいち、何でもない仕草が絵になる男だ。惚れた欲目だろうか、とも思うけれど、夜のお姉さん方にモテているのは伊達《だて》ではないだろう。確かに爽は顔もいいが、外見だけでコロリといくほどこの界隈の蝶たちは初心《うぶ》ではない。

「ひとまず、リビングに戻るか。慧樹、コーヒー沸かし直してくれ」

「了解」

ようやく、自分も事務所の役に立てそうだ。

働いてもらうぞ、の言葉に、慧樹は先刻までの物思いを振り払って元気を出した。


え……——。

それって……それって……。

つまり、その、アレだよな。これが二つ目の依頼ってことなんだよな。

真剣そのものの優一を前にして、慧樹の脳内は混乱してぐるぐる回っている。一方隣の爽はさして驚きを表面には出さず、けれど予想外であったのは確かなようだ。珍しくサングラスを外すと、考えをまとめるように小難しい顔で目頭を指先で揉んでいた。

「……どっちでもいい。何とか言ってくれ」

気まずい沈黙に耐えかねたのか、優一が業《ごう》を煮やした様子で口を開く。声が低めなのは、眠る綾乃を気遣ってだろう。彼はソファにすやすやと横たわる愛娘《まなむすめ》の隣に腰かけ、正面の床に慧樹と爽が直接座って対峙《たいじ》していた。ガラステーブルの上には淹《い》れたてのコーヒーがカップから湯気をたて、香ばしい香りを放っていたが、誰も口をつけようとはしない。

「えーと、まず最初から整理したいんですけど」

爽が一向に話そうとしないので、仕方なく慧樹が口火を切る。

「依頼人は葛葉さん自身……で、間違いないんですよね。それで、依頼内容っていうのは別れた奥さんの身辺調査、と。その理由は、娘を引き取りたいと申し出があったから」

「そうだ。慧樹、おまえの隣でボケッとしている男にもわかるように言ってやってくれ」

「ずいぶんな言い草だな、葛葉。おまえが、とんでもないこと言い出したせいだろうが」

「どうせ調査を依頼するなら、信用できる相手の方がいいだろう。普段の素行はともかく、おまえの謎の人脈と才能は買っているからな。俺は、できるだけ真実が欲しいんだ」

「…………」

目を見て力説され、爽は続く文句を呑み込んでぐしゃぐしゃと頭を搔《か》いた。こうまで彼が動揺したところなど、慧樹は今まで見たことがない。いくら依頼人が意外だったからと言って、少し大袈裟すぎやしないだろうか。

しかし、慧樹の抱《いだ》いた疑問は爽の言葉によってすぐ納得のいくものとなった。

「別れた奥さん、離婚しておまえから慰謝料ふんだくって、それから五年間音信不通だったんだよな。子どもは産みっ放し、母親の権利は全部放棄して、綾乃をおまえに押しつけるようにしていなくなった……そうだよな？」

「……ああ」

「そもそも、結婚したのだって一方的じゃなかったか？　綾乃ができたから結婚しろって、そうおまえに迫ったらしいけど、彼女には当時付き合っていた男が五人は……」

「雁ケ音、その話はもういい」

「……悪い」

厳しい声音で遮られ、さすがに爽もそこで黙る。だが、聞いていた慧樹にとっては驚きの連続だった。優一のように聡明《そうめい》な男がどうしてそこまで性悪な女に引っかかったのか、その点もまるで理解できない。もしそれが真実なら、爽でなくても苦い顔になって当然だ。

「とにかく、今日亜里沙《ありさ》の代理人という弁護士から急に連絡がきたんだ。どういう心境の変化か知らないが、先方は綾乃を引き取りたいと言っている。今まで母親らしいことを何一つできずにきたので、これから挽回《ばんかい》したいと。こちらが話し合いに応じないなら、家裁に持ち込んででも、とかなり強硬な態度だった」

「は？　できずにきた？　ふざけんな、何だそれ」

「そう熱くなるな、雁ケ音。自分を無力な被害者の立場に見せるのは、こういう場合の常套《じょうとう》手段じゃないか。それでなくても、男親は分《ぶ》が悪いしな」

我が事のように怒る爽に比べて、優一はどこか冷静だった。娘が取られるかもしれないというのに、どうしてこんなに落ち着いていられるのだろう。慧樹は次第に腹が立ってきて、知らず優一を見る目が険しくなっていった。

「あの、確認しておきたいんですけど」

「何だ、慧樹？」

「葛葉さんは、綾乃を手放す気はないんですよね？　そのための調査なんですよね？」

「…………」

まさかとは思うが、問い質《ただ》さずにはいられない。優一が綾乃をとても可愛がっているのは知っているが、突然の元妻からの要求に動揺を見せないのは納得がいかなかった。どんなに冷静な人間でも、こういう場合は取り乱したりするのが普通ではないだろうか。

「万が一家裁に持ち込まれても、こちらに有利な証拠を集めるため――俺と爽さんに元奥さんの身辺調査を依頼してきたのは、それが理由なんですよね？」

「それは……」

「…………」

「厳密には違う」

「え？」

耳を疑う返事に、慧樹は愕然《がくぜん》とした。だが、優一はあくまで淡々とした口調を崩さず、一切の感情を含まない声で続ける。

「俺は、もし亜里沙……元妻が真剣に綾乃を思い、心からの愛情を注いで大事に育ててくれると確信できたなら、彼女に渡してもいいと思っている。そのための調査だ」

「な……」

「こちらがどう抵抗しようと、彼女が綾乃の母親なのは厳然たる事実だ。それを否定はできないし、これから綾乃には母親の存在がどんどん必要になってくるだろう。男親には話せないことだって、たくさん出てくるに違いない。亜里沙は決して褒められた性格じゃないが、別れて五年もたっているんだ。気持ちを入れ替え、綾乃を置いていったことを後悔しているのかもしれない。俺は、彼女次第だと思っている」

「じゃあ、葛葉さんは綾乃と暮らせなくなってもいいのかよ！」

思わず、声が荒くなった。すかさず爽が「おい」と窘《たしな》めようとしたが、慧樹の怒りは収まらない。なまじ自分が親に捨てられ、孤児として成長した過去があるだけに、容易に手放そうとする神経が理解できなかった。

「葛葉さん、綾乃が可愛くないのか？　こんなに、あんたを慕ってるのに！　綾乃、いつも俺にお父さんの自慢ばかりしてるんだぞ！　お父さんはカッコいい、頭のお団子作るのも最初は下手だったけど、一生懸命練習してくれたんだって！　大きくなったら、お父さんのお嫁さんになるんだって俺に嬉しそうに……それなのに！」

「うう〜ん」

興奮のあまり大声になり、眠っていた綾乃が眉根を寄せて寝返りを打つ。いけない、と慌てて口を閉じ、慧樹は激しい落胆に包まれた。

「すみません……俺……」

行き場のない気持ちが、唇を悲しく震わせる。項垂《うなだ》れる慧樹の背中に、隣からそっと爽の手が添えられた。口に出しては何も言わなかったが、彼の手で優しく撫でられるたびに何だか泣きたくなってくる。家族の問題に首を突っ込む権利など自分にはないが、それでもこみ上げる理不尽な思いは消えそうになかった。

「慧樹の言い分はもっともだが、綾乃の父親は……葛葉、おまえだけだ。綾乃の幸せを誰より願っているのは、間違いなくおまえなんだ。俺は、それを信じている」

「雁ケ音……」

「いいよ、依頼は引き受けよう。期間はいつまでだ？」

「爽さん！」

勝手に話を進めようとする爽に、慧樹はつい反発の声を上げる。だが、事務所内で一番の下《した》っ端《ぱ》である自分の意見など誰も求めてはいなかった。爽は取り成すようにポン、と背中を軽く叩き、真《ま》っ直《す》ぐ優一を見たまま不敵に微笑《ほほえ》んだ。

「調査の結果が、綾乃の運命を左右する。そこは、わかっているんだろうな？」

「もちろんだ」

「よし。おまえに覚悟ができているなら、俺は従うまでだ。慧樹も、それでいいな？」

「…………」

「慧樹」

「……うん」

わかりました、だろ、と言って頭を小突かれたが、ひとまず話はまとまった。慧樹の胸には依然として優一への不信感が残ったが、ともかく調査を始めないことには先へ進まない。彼の元妻が娘を引き取るに値しない人物ならば、それで決着はつくのだから。

（それ以外の可能性は……考えたくない……）

綾乃の寝顔に視線を移し、慧樹はやるせない思いに囚《とら》われた。

たった三ヶ月分しか知らないが、綾乃のことは本当の妹のように可愛い。爽に誘われて探偵事務所に雇われ、実質は子守りばかりさせられて最初は頭にきたが、そんなのはどうでもよくなるくらい綾乃は純粋に懐いてくれた。血の繋がりはなくても、綾乃のためなら何だってしてやりたい。

（もし葛葉さんがあっさり綾乃を手離すようなら……その時は絶対、俺が何とかする。綾乃を捨てるような女に、母親だからって渡してたまるもんか）

そう、一度でも子どもを捨てれば親の資格なんてなくなるのだ。少なくとも慧樹は自分の親を許していないし、恋しいとも思わない。もし目の前に現れたら、罵倒の限りを尽くしてやると先《せん》から心に決めていた。

「期限は二週間。ちょうど、先方との二度目の話し合いがその頃だ。今日は弁護士だけだったが、次は亜里沙も同席するらしい。それまでに、彼女が本当に綾乃を育てられるのかどうか俺なりに判断材料がほしい。頼んだぞ、雁ケ音、慧樹」

「やれやれだ。ま、それはいいけどさ、別件の依頼はどうするんだ？　ほら、城島さんから回された弁護士の身辺調査ってやつ。何だか、弁護士の大安売りだな」

「そういえば……」

うっかり慧樹も失念していたが、依頼は二件重なっているのだ。はたして二人だけでこなせるのだろうかと、たちまち不安が首をもたげてきた。爽はともかく慧樹は経験不足も甚《はなは》だしく、探偵のイロハも教わっていない。事務所では電話番と雑用、ごくたまにアシスタントとして爽の手伝いに駆り出されはしたが、やはりメインは『保育担当』だ。

「いや、そのことなんだが……」

優一が、いくぶん調子の戻った普段の声音で言った。一見冷静に見えたが、彼なりに動揺を押し殺していたのかもしれない。初めてコーヒーの存在に気がついた、というようにカップを手に取ると、冷めきった中味へ口をつけてから再び彼は言った。

「実は、亜里沙の代理人と名乗る弁護士が……城島さんから依頼を受けた人物なんだ」

「へ……」

「マジ……ですか……」

「ああ」

啞然《あぜん》とする爽と慧樹に、苦々しい表情で優一が頷く。

「つまり、おまえたちには亜里沙と弁護士、両方の身辺調査をしてもらうわけだ」

「………」

「弁護士の方は、とりあえず十日間だ。交渉のやり方が汚いと苦情がたびたび警察へ持ち込まれるそうなんだが、犯罪として立件できる物証がないので手が出せないらしい。だが、あまりにも黒い噂が絶えないので、警察内部でも問題視され始めているとのことだ」

「そんな……そんなの……」

「おい、慧樹？」

「そんな男が代理人だなんて、亜里沙って元奥さんも怪しいに決まってんじゃないか！」

再び激昂《げっこう》する慧樹の頭を、爽が拳で叩いて黙らせた。ひでぇよ、と抗議しようとしたが、向けられた横顔は怖いくらい真剣で容易に声がかけられなくなる。

そうか、と瞬時に慧樹は悟った。

爽も、今回の二つの依頼が単なる身辺調査では終わらないと感じているのだ。

「何だか、面白いことになってきやがったな。なぁ、慧樹」

「え……」

「おい、雁ケ音。おまえ、面白いなんてずいぶんだな。綾乃の運命を左右する、と言ったのはそっちだろうが。くれぐれも慎重に、細部まで正確な情報を摑んでくれ」

「了解」

おどけてひょいと肩をすくめ、爽はふてぶてしく返事をした。

「同時進行で二人の調査はしんどいが、要は亜里沙が弁護士と何か企《たくら》んでいないか、そいつをメインにすりゃいいんだろ。悪巧《わるだく》みの尻尾《しっぽ》でも摑めりゃ、葛葉の問題も城島さんからの依頼も一度にカタがつく。逆に何も出てこなけりゃ……」

「俺、嫌だからな！　綾乃を、無責任な母親になんて絶対渡さない！」

「慧樹……」

小突かれようが呆れられようが、これだけは引くつもりはない。慧樹は怒りを秘めた眼差しで優一と爽を見回し、最後に綾乃の寝顔で視線を留めた。

「俺は綾乃の身内でも何でもないし、そんなことを言う資格はないけど。でも、俺が今回の調査に乗り出すのは仕事だからじゃない。綾乃をどこにもやらないためだから」

「…………」

「居候が、何を偉そうに〝仕事だからじゃない〟だよ。そんな大口が叩けるなら、今すぐ家賃とるぞ」

黙り込む優一とは対照的に、爽はますます饒舌《じょうぜつ》にやり返してくる。しかし、意地悪な言葉とは裏腹に、声音はそう厳しくもなかった。むしろ、苦笑を堪《こら》えている感じさえする。断固たる決意の下に宣言した慧樹は、少し調子の狂う思いで再び隣の彼を見返した。

「家賃って……マジ？」

「今後の、おまえの仕事ぶり次第だな」

にんまり笑って爽はうそぶき、ゆっくりと立ち上がる。そろそろ、ニコチンが恋しくなってきたのだろう。それを機に優一も腰を上げ、綾乃をタオルケットごとそっと抱き上げた。

「遅くまで悪かったな。明日、改めて打ち合わせをしよう。調査は、明日の午後からだ」

「はいよ」

「……わかりました」

対照的な返事に軽く頷き、優一は玄関へ向かう。途中で一度綾乃がむずかったが、またすぐ眠りに落ちていった。その寝顔は安心しきっていて、彼女が父親にどれだけ心を許しているか手に取るように伝わってくる。優一もまた、どこから見てもエリート然とした二枚目なのに、不思議と娘を抱いている図に違和感はなかった。

「じゃあ、おやすみ」

大変な爆弾を落としていったとは思えない、優美な微笑を残して玄関が閉まる。

一緒に見送っていた爽が、慧樹より早く疲れたような溜め息をついた。

調査対象者は、溝口誠一《みぞぐちせいいち》（46）　職業・弁護士。東京都S区に従業員五名の個人事務所を開いている。数年前までは某大手弁護士事務所で企業顧問を数社担当しており、その時の顧客を連れての独立劇に今でも元職場とは遺恨を残している様子。

それ以外にも、法廷で勝訴するためには手段を選ばない、金にならないと判断するや否や依頼人を係争途中でも平然と見捨てる、証人を買収する、等々の黒い噂が絶えないがいずれも物的証拠はなし。警察に何度か相談が持ち込まれるも、事件性なしと判断される。

都内の高級マンションで一人暮らし。二度の離婚歴あり。別れた妻たちからは慰謝料請求の訴訟を起こされるも、どちらも敗訴に終わっている。ここでも、相当な恨みを買っている様子。女と金と権力には目がなく、実にわかりやすい悪役キャラ。

身辺調査その2

調査対象は、林田亜里沙《はやしだ》（33）　職業・宝石店経営。東京都S区のマンションに在住。店の従業員は女性二名。経営状態は良好とは言えず、資金繰りに苦労している模様。銀行に、数百万の借金あり。その他、民間の金融業者複数からも総額四百万の借金を抱えていたが、一ヶ月ほど前に全額を一括で返済している。金の出どころは不明。

現在、特定の異性関係はなし。定期的に付き合う男性が変わるという話も聞くが、最後の恋人とは借金返済と同時期に別れたらしい。その数日前、溝口弁護士の事務所を初めて訪れている。急に娘を引き取ろうと思い立った具体的根拠は不明。継続調査中。

溝口弁護士に依頼をした経緯も不明。

葛葉優一と離婚後、五年間元夫と娘とは一切の接触なし。


「……っと、こんなもんかな」

事務所のパソコンの前で大きく伸びをし、慧樹は自分の書いた調査報告書を目で浚《さら》ってみる。葛葉に提出する前に細部は付け足していくつもりだが、ひとまず自身の整理の意味を兼ねて書き出してみたのだ。

「とにかく、溝口って弁護士と元妻が怪しいのは間違いないよな。どっちも女癖、男癖が悪そうだし。結託して、何か企んでんじゃないかな」

「そうやって、先入観で調べたら事実が湾曲されちまうぞ」

いつの間にか後ろに立っていた爽が、独り言を受けて注意をしてきた。慧樹は背もたれごと身体を反らして彼を見上げ、むうっと膨れ面をしてみせる。

「けど、マジ100%怪しくないっすか。誰が見たって、この二人デキて……ぶはっ」

「そこまで断言するなら、証拠写真の一枚でも撮ってこい！」

「わ、わわわっ！」

額に思い切りデコピンされて、痛みのあまり体勢が崩れた。そのまま椅子ごと引っくり返り、危うく床に全身を打ちつけそうになる。

「あ……れ……」

「ばーか。小学生のガキか、おまえは」

痛みを覚悟して目をギュッと閉じた慧樹は、柔らかな感触に包まれておそるおそる瞼《まぶた》を開く。すぐ目の前に見慣れたアイスブルーのレンズがあり、その奥から意外なほど純粋な瞳がこちらを見つめていた。

「爽さん、支えてくれたんだ。すげぇ反射神経……」

「そうだよ、俺は凄いんだよ。ほら、しっかり立て。出かけるぞ」

「あ、うん」

突発的とはいえ、爽の腕に抱かれるのはこれが初めてだ。引っくり返るのも悪いもんじゃないな、と慧樹は照れ臭いながらも気を良くし、これならデコピン食らってもお釣りがくると赤くなった額をそっと撫でた。

(爽さんの目、久々に近くで見たな)

色つきレンズのせいでごまかされているが、爽の瞳は生粋の黒ではない。生まれつき色素が薄く、そのせいで目が弱いからサングラスをかけているんだ、と話されたことがあるが、あれは恐らく純粋な日本人ではないからだと思う。

(それ以上は詮索したかないけど、やっぱ顔だって綺麗だもんなぁ)

慧樹の周囲に、今まで爽のような人間はいなかった。見た目もそうだが、人を食ったような摑みどころのない物言いや、容易に踏み込ませない癖に隙を突いて甘えてくるズルいところなど、彼は本当に他人を翻弄《ほんろう》するのが上手い。

それとも、そう思うのは惚れた欲目というやつだろうか。自分が彼にメロメロなせいで、勝手に振り回されているだけなのかもしれない。

（だって、爽さんってよくわかんないし。初対面で俺をスカウトしたり、行くとこないって言ったらすぐ居候させてくれたり。もっとも、本人が留守がちだから留守番にちょうどいいと思われてるだけかもしんないけど）

悶々《もんもん》と考えていたら、「行くぞ」と小突かれて現実に返った。慧樹は慌てて自分のショルダーバッグを手に取り、爽の後について事務所を飛び出す。溝口と亜里沙の身辺調査を始めてから、今日で三日が過ぎていた。

「葛葉さん、最近よく事務所を空けるよな。俺が綾乃の面倒みられないせいかな」

「ま、仕方ないだろ。おまえだって仕事なんだから」

「綾乃、淋しがってなきゃいいけど」

「言うねぇ、色男」

冷やかしながら、爽は機嫌よく笑う。今まで綾乃の子守りがメインだったので、こんな風に一緒に仕事へ出るのは慧樹にとって新鮮な出来事だった。爽は溝口、慧樹は亜里沙と分担

してはいるが、調査対象者の二人はよく落ち合って綾乃の件で相談をしているので、いきおい尾行の途中で顔を合わせることも少なくない。要するに、これまでよりずっと爽と二人でいる時間が多いのだ。

（ま、仕事だしさ。デレッとしてらんないけど）

調子に乗って浮かれかけた心に歯止めをかけ、慧樹は駅で爽と別れる。これといって亜里沙の生活に不審な点は見られなかったが、まだ諦めてはいなかった。先入観を持つなと叱られても、どうしても彼女が純粋な母性で綾乃を引き取ると言い出したとは思えない。早く尻尾を摑まなくては、綾乃が不幸になってしまう。

だが、しかし……――。

「ちぇっ。今日も空振りかよ」

暮れきった空を見上げ、慧樹は雑居ビルの壁に凭《もた》れて舌打ちをした。

午前九時から午後八時まで――要するに亜里沙が自宅マンションを出て店に行き、閉店時間になるまで――こちらのどす黒い期待に反し、動向に怪しい点は見当たらなかったのだ。

彼女の経営する小さな宝石店は、お世辞にも高級感があるとは言えない。繁華街の片隅に安いテナント料で商売している、よくある雑貨屋に毛が生えた程度の店構えだ。慧樹は店の様子が窺える斜め向かいのコーヒーチェーン店や、死角にあたる路地など数時間ごとに場所を変えて監視していたが、本日も大した収穫は得られそうにない。亜里沙は店員二人と接客や雑談したり、食事で外へ出る以外は目立った行動を起こさなかった。事前調査で聞いていた派手な男出入りもなく、それらしき相手と連絡を取ったり会っている素振りもない。

「やっぱり、男がいるとすれば溝口弁護士だろうな」

溝口を張っている爽からも、定期連絡は入ってくる。それによると、今日は向こうも亜里沙に連絡をしてはいないようだ。となると、爽との合流もなしかと公私混同も手伝って慧樹はかなり落胆した。

「亜里沙の男か……」

さんざん遊んできた経験上、慧樹は女性の分類にはちょっと自信がある。そのデータからいけば、亜里沙は間違いなく「オトコが切れないオンナ」だった。つまり、フリーの状態でいることがほとんどないのだ。誰かと別れて次に行く時は、必ずその前に新しい男と二股状態になっている。だが、現在の彼女の周囲には溝口しか男がいない。

「唐突な借金返済にしたって、絶対溝口が嚙んでるよな」

口では「妄想を膨らませるな」と説教するが、爽だって同じ考えだと思う。残念ながら、まだ二人が男女の関係だと証明できるような場面には遭遇していないが、向こうもそれなりに慎重になっているのかもしれなかった。

「しっかし、調べれば調べるほど、葛葉さんの趣味がわかんねぇな……」

ショルダーバッグに用意しておいたミネラルウォーターの残りをちびちび飲みつつ、慧樹は眉間に皺を寄せる。今、亜里沙は従業員を先に帰して閉店の準備をしていた。遠目にも抜群のスタイルなのがよくわかる、タイトなミニワンピースに豹柄《ひょうがら》の短いジャケットを合わせている。ゆるく巻いた茶色い髪から大振りの金輪のピアスが揺れ、五センチのピンヒールを履いた細い足首には同じく金のアンクレットが光っていた。

攻撃的な色彩のネイル、ナチュラルとは表現できないメイク。

確かに美女には違いないが、強欲な色香と異性への媚《こ》びに溢《あふ》れた容姿は、少しでも女を見る目のある男なら敬遠する毒を孕《はら》んでいた。慧樹なら、絶対に目さえ合わせない。

「そんな女とデキ婚だもんなぁ。度胸あるっていうか行き当たりばったりっていうか」

空になったペットボトルをバッグへ押し込み、事務所から借りたオペラグラスで動向を観察した。これで、彼女が寄り道せずに真っ直ぐマンションへ帰れば本日の仕事は終了だ。そろそろ何かボロを出してくれよ、と願っているが、時間を気にしていない様子を見ると待ち合わせの約束もなさそうだ。

「ん？　爽さん？」

マナーモードにしておいた携帯電話が、パンツのポケットで激しく震えた。これは仕事の連絡専用なので、発信者は爽か優一に限られている。もっとも優一は、今頃自宅で綾乃に夕飯を食べさせている時間だった。はたして自分が雇われるまで、彼はまともに仕事ができていたんだろうか。ついつい思考を脱線させつつ、慧樹はお気楽に電話に出た。

「はい、こちら慧樹。異常ありませーん」

『そうか。んじゃ、これから飲みに行こうぜ』

「は？」

聞き間違いだろうか。場違いに能天気なお誘いを受け、一瞬本当に相手は爽かと疑う。だが、電話の向こうでは陽気な飲み屋街の喧騒が聞こえ、すでに爽はスタンバイOKでいるようだ。どういうことだよ、と呆れながら、慧樹は言い返した。

「あのさ、一応真面目に答えるけど、俺はまだ未成年……」

『わかってるって。だから、おまえはソフトドリンクな。奢《おご》ってやるからさ』

「爽さん、何考えてんの？　そっちは仕事いいのかよ。溝口はどうしてんの？」

『K町の「フェアリー」って店だから。先に行って待ってるからな』

「あ、おい！」

日本一の繁華街にある店の名前を告げ、爽は一方的に電話を切る。『フェアリー』という名前には聞き覚えがあった。伊達に、数年間ヤサグレていたわけではない。慧樹は、都内でも武闘派として悪名高かったチームのメンバーだったのだ。

「K町の『フェアリー』って、鏑木《かぶらぎ》組《ぐみ》が経営してるキャバクラじゃんか」

一体、爽は何を考えているんだろう。

酒を飲みたいなら地元には行きつけの店が幾《いく》らでもあるし、女の子だって彼が来れば大歓迎だろう。サービスもしてくれるしツケもきく。大体、キャバクラに慧樹を誘う動機がよくわからなかった。曖昧なバランスを保っているとはいえ、こちらが爽に惚れているのは先刻承知のはずだ。

「なーんか、嫌な予感がするな……」

気は進まなかったが、しかし上司命令には逆らえない。

折しも店の鍵を閉めて、亜里沙が外へ出てきた。慧樹は気づかれぬよう距離を取って後ろから追い、彼女が最寄りの駅まで向かうのを確認する。それから、自分はK町へ出るために急いでタクシーを捕まえた。

爽が指定した『フェアリー』は流行《はや》っている店なので、場所の見当は大体つく。K町は幾つもの暴力団がシマを分割して仕切っているが店の周辺は中堅の『鏑木組』が管理しており、『フェアリー』で働く女の子の三分の一は組関係の情婦だ。

「よりによって、面倒臭い店に……」

思わず愚痴を零して嘆息するが、正直なところ慧樹にとってあまり近寄りたい場所ではなかった。ちょうど慧樹がチームを抜けてまともになろうとした頃、『鏑木組』の先代が亡くなって一人息子が跡目を継いだ。それを機に雲行きが怪しくなり、チームで目立ったメンバーには『鏑木組』から下っ端構成員として組に入るよう要請がかかったのだ。慧樹はぎりぎり誘いの前にチームを抜けていたが、それを快く思わない連中がいたのは確かだ。

「だから、T区を出てったんだけどなぁ」

それでも、滅多にない爽からの誘いだ。プライベートの遊びに連れていってもらったことなどなかったので、何となく断るのは勿体なくてできなかった。

「それに、単なる思いつきでもなさそうだったし」

とりあえず、本人に会えば意図もはっきりするだろう。一際華やかなネオンの点滅と、若くて可愛い女の子の写真がずらりと並んだ看板の横で、呼び込みの従業員が陽気に声を張り上げている。相変わらず派手だなぁ、と思いながら一歩踏み出しかけた時、突然背後から強く右肩を摑まれた。

「よぅ、誰かと思ったら慧樹じゃやねぇか」

「何だよ、おまえ。真っ当な生活するんだっつって、結局戻ってきたのかよ。ダセェな」

「おまえら……」

ニヤニヤと下卑《げび》た笑みでねめつけてくる連中に、サッと慧樹の表情が強張《こわば》る。

「慧樹、もしかして仕事ねぇのか？　何なら、俺がアニキに口きいてやんぞ？」

「それともアレか。その面《つら》活かして、おまえに目をかけてた幹部のオヤジさんたちに今更取り入ろうって魂胆か。お稚児《ちご》さん扱いは御免だとか何とか、偉そうな捨てゼリフ吐いて町から出て行ったけどなぁ？」

「……気安く触ってんじゃねぇよ」

「ああ？」

「触んなって言ってんだよ！」

素早く身体を反転させ、肩を掴む手を乱暴に振り払った。嫌悪に歪《ゆが》む瞳をまともに相手へぶつけると、気迫に押されて一瞬向こうがたじろいでみせる。声をかけてきたのはかつてのチーム仲間で、代替わりした『鏑木組』へさっさと尻尾を振って飛び込んだ奴らだ。だが、慧樹が昔どれだけ凶暴だったか知っているだけに反射的に警戒したのだろう。

「……ふん、粋《いき》がりやがって」

一人が先に気を取り直し、吐き捨てるように毒づいた。

「何しに来たんだか知らねぇが、絶対に面倒起こすんじゃねぇぞ。おまえの面は、まだこの界隈じゃ充分に覚えられてるんだからな。臆病な裏切り者ってよ」

「何だと……」

「大体、おまえ朱坂街に流れて『堂本組』へ出入りしてるって話じゃねぇか。ほんと、いい度胸してるぜ。『鏑木組』と『堂本組』がシマを巡《めぐ》って対立してんの、知らねぇわけじゃないよな？　よくノコノコ顔出せたもんだぜ」

「…………」

一体何のことかと思ったが、恐らく爽に絡んでいたヤクザを倒した時のことが曲解して伝わっているのだろう。ヤクザたちは『堂本組』の構成員で、爽に引っ張られて若頭の上条とかいう男のところへ詫びに行かされたのだ。

あの時、上条は慧樹の腕っぷしを褒め、それに免じて許すと言ってくれた。どうやら爽のこともお気に入りらしく、それもあって大事《おおごと》にならなかったのだ。だが、こんな形で妙な誤解を生んでいるとは夢にも思わなかった。

「くそ……」

さんざん嫌みを言って連中が立ち去った後も、慧樹は拳を握り締めたまましばらくその場に立ち尽くしていた。過去は捨てて生まれ変わったつもりでいたが、やはりそんなに単純にはいかないらしい。当たり前か、と苦い笑いがこみ上げ、でも前へ進むしかないんだと懸命に言い聞かせた。

今の自分は、『葛葉探偵事務所』の保育担当兼新米アシスタントだ。

どういう運命の悪戯か男に一目惚れした以外は、まぁまぁ平和に日々を生きている。

「両想いになる可能性は……神様次第か」

ボソリと呟いてから、爽の顔を思い浮かべてみた。きっと、店では女の子に囲まれた彼が自分の到着を待っている。あまり愉快な光景ではないが、とにかく行けば爽に会える。

「――よし、浮上」

拳を開いて、深く息を吐いた。

それから、慧樹はいつもの軽い足取りで『フェアリー』の扉をくぐった。


「え～、それなら安奈《あんな》の家《うち》に来ればいいよぉ。ちょうどね、彼と別れたばっかだし」

「ダメダメ、安奈なんか。それより、これプライベートの名刺ね。言っとくけど、特別な人にしか渡してないんだよ？　ここに書いてある番号なら、ミミ絶対出るから。絶対！」

「ミミ、おっかない彼氏いるじゃん。爽たん、騙《だま》されちゃダメだよ。それより、まゆりんの猫、見に来ない？　先月飼ったばっかりで、すっごいかわゆいよぉ」

「…………」

案の定と言うか何と言うか。

爽の名前を告げてボーイに案内された奥のテーブル席では、爽を巡って三人のキャバ嬢が冗談でなく争奪戦を繰り広げていた。いずれも二十歳前後の可愛い子で、事あるごとに爽へボディタッチしながらかわるがわるアプローチを仕掛けている。

「よう、慧樹。遅かったな」

「これでも急いで来たし。つか、目的は何だよ。俺にモテ自慢したかったわけ？」

「おお、のっけから敵意むき出しだ」

「ちょっと、女の子退《ど》かせて」

ぶっきら棒に要求すると、存外素直に爽が自分の隣を空けさせた。女の子たちはこぞって文句を言ったが、慧樹は無視してズカズカと歩み寄ると雑に彼女たちを押し退《の》けてソファの隣に陣取る。来るんじゃなかった、とちらりと後悔したが、こうなったら腹を括って付き合うしかないと覚悟を決めた。

「なんか、この子おっかなぁい」

「可愛い顔してるのに、勿体なぁい」

「爽たんの弟？　全然似てなぁい」

三人三様にぐずぐず言われたが、知ったことかとだんまりを通す。爽の注文でボーイがコーラを運んできたが、口をつける気にもなれなかった。

「何が〝爽たん〟だよ……」

「あ、何か言ったか？」

「言ったよ、爽たん」

「…………」

わざとらしく強調し、ジロリと目の端で睨みつける。爽は面食らったように目を瞬《しばた》かせた後、くっくと喉《のど》を震わせて笑い出した。

「ほんっと、おまえは真っ正直だな。ま、急にキャバクラに呼びだされたんじゃ無理もないけどさ。そんじゃ、慧樹。ちょっと耳を貸せ」

「は？」

「いいから耳だよ、耳！」

言うが早いか、左の耳たぶを引っ張られる。痛いよ、と文句をつけようとした瞬間、爽の生温かな吐息が耳へ流れ込み、ぞくりと慧樹の肌に快感が走った。

「斜め向かいの左端、照明が一段落とされたボックス席だ」

「え……」

「溝口だよ。席に着いているのは、奴の愛人。この店のナンバーツーで名前は……」

そこまで言って爽は躓《つまず》き、トンと慧樹の硬直した身体を突き放す。周囲の女の子たちは「ナイショ話してる」「ズルいズルい」と拗《す》ねまくっていたが、爽がニコリと笑顔を向けるとたちまち顔を赤くしておとなしくなった。

「あのさ、向こうのボックス席の女の子、何て子だっけ？」

「ええぇ～。爽たん、彼女が好みなのぉ？」

「彼女はダメダメ。あのお客さんが来てる時は呼べないよ。パトロンだもん」

「そうそ。あたしたちでいいじゃない。そりゃまぁ、ちょっと美人だけどさ。あの子はお金がかかるから、あっという間に食い潰されちゃうよ！」

「ふぅん、金食い虫の美女か」

「セイラってお店では名乗ってる。でも本名は多恵子《たえこ》なんだよ。ギャップありすぎ！」

一人がそう言うと、皆がキャハハと一斉《いっせい》に笑い出す。爽も合わせてニコニコしながら、まだ耳たぶの余韻に浸っていた慧樹を「おい」とさりげなく小突いた。

「どうやら、溝口の本命はセイラだな。となると、亜里沙との仲は……」

「男女じゃ……ない？」

「その可能性が出てきたな。色じゃなきゃ、後は金だ。慧樹、二人を繋ぐ線は金の方かもしれないぞ。亜里沙の借金全額返済の件もあるし、見方を変えた方がいいかもしれない」

「……色じゃなくて金……」

「やん！　男二人で、またコソコソしてる！」

話が核心に近づいたところで、またしても女の子たちの邪魔が入る。ああもう、といい加減慧樹がキレそうになった時、唐突に爽が真面目な声を出した。

「ごめん、安奈ちゃん、ミミちゃん、まゆりん」

「え……」

「実は、俺たち付き合ってるんだ。さっき喧嘩して、俺もいっそ女の子に宗旨替えしようかと思ってこの店へ来たんだけど……こいつが俺を追っかけてきて」

「ちょ、爽さんっ。あんた、何を……ッ」

「そうゆうわけだからさ、今日のところはこいつに免じて帰らせてくんない？」

「ええ～っ！　嘘でしょお～！」

「ちょちょちょ、ちょーっと待った！　爽さん、あんた正気かよ？」

あまりにナチュラルな口調だったので、一瞬「そうだったっけ？　俺たちデキてたんだっけ？」と騙されそうになる。慧樹は慌てて首を振り、思わず立ち上がりかけた。間髪容《い》れずに爽の右手が腰に回り、「このバカ」と強引にソファへ引きずり戻す。呆気《あっけ》に取られた女の子たちの視線に囲まれながら、彼は素早く目配せをしてきた。

「おい、こんなとこで大声出すな。恥ずかしいだろ」

「え、あ、いや、でも」

「俺とやり直す気があるのか？　ないのか？」

「えええええ……」

「どうなんだよ、慧樹？」

何がどうなっているのか把握する間もなく、畳み掛けるように迫られる。ええと、これは多分芝居で本気で言われてるわけでは絶対になくて爽はもちろんこちらに惚れてはいないのにどうしてこんなに悩ましい目で見つめるのかまるきりわかんないけど畜生惚れた弱みで目が離せない……そんな風にぐるぐると思考が回るだけ回り、もはや慧樹にまともな対応など不可能だった。

「慧樹？」

これは様子が変だと、さすがに爽も気づいたらしい。しかし、彼の手がしっかり腰を抱いたままなので、慧樹は逃げ出すことも叶わなかった。女の子たちも妙だと感じ始めたのか、ざわざわと不穏な空気が流れ出す。

「おい、慧樹」

「あ、いや、その……や、やり直すっつうか、何つうか」

「なぁんか変なの。あんたたち、ホントに付き合ってんの？　絶対、嘘でしょぉ」

ミミと呼ばれた女の子が、疑惑の眼差しでねめつける。それを機に他の子たちも、一斉にかしましく文句を言い出した。

「嘘だよ、だってラブラブオーラが出てないもん。爽たん、あたしたちから逃げようとしたんでしょぉ。そんなの、安奈が許さないから！」

「そうそ。ミミ、次の約束してくれるまで帰さない！」

「うちの猫、抱っこしてってってよ！」

「おいおい……」

上手いことごまかして店を抜けようとしていた爽は、行動が裏目に出て弱り顔だ。慧樹はようやく我を取り戻し、このままではまずいと焦りだした。ここで騒ぎが大きくなれば、ボックス席の溝口に気づかれないとも限らない。奴と直接対面する機会が今後あるかどうかはわからないが、身上調査をしている立場としては顔バレは非常に好ましくなかった。

「あの、や、やり直す……」

「へ？」

「やり直すよ！　つか、やり直したい！　つか、何を直すんだかよくわかんなくなっちゃったから、とりあえず最初から始めたい！　爽さん、俺と付き合おう！　つか、付き合え！」

「慧樹……」

〝つか〟が多すぎるぞ、と呆《ほう》けたように小さく呟き、爽がまじまじと見つめ返してくる。今度は本気の匂いを敏感に嗅《か》ぎ分けたのか、女の子たちもシンと黙り込んでしまった。

やがて。

「……了解」

くすりと爽が笑った。

ほんのりと目元が紅潮しているのが、サングラス越しでも容易にわかる。何だその色っぽさは、と慧樹が内心動揺しまくっていると、不意に視界が彼でいっぱいになった。

「そ、爽さん？」

「そうだな、最初から始めようか」

「え……」

爽の目が、優しく細められた。

合皮のソファに身体が押しつけられ、唇に湿った吐息が降りかかる。あの、と言葉を発しようとした瞬間、まるで声を閉じ込めるように唇が塞がれた。柔らかな感触は吸いつくようにぴたりと重ねられ、甘い陶酔がそこからじんわりと広がっていく。

「ん……ぅ……」

喉が鳴った。声が溢れた。

鼓動が胸を狂おしく疼《うず》かせ、怖くて蕩《とろ》けそうで全身が震える。これまで幾度《いくど》となく唇に刻んできたキスの記憶が、一瞬で跡形もなく消し飛んだ。

永遠に近い数秒が流れ、ゆっくりと気配が離れていく。

反射的に長い溜め息を漏らし、慧樹は虚《うつ》ろな瞳を爽へ向けた。

「そ……さ……」

「帰ろうか」

舌も入れられていないのにくたりとなった身体を抱き寄せ、にんまりと爽が囁《ささや》く。もう、女の子たちは誰も引き止めようとはしなかった。

「くそ……」

このタラシ、と悪態を吐きたかったが、あまりに純情すぎる自分に慧樹は軽く絶望する。男としての面子《メンツ》どころか、これでは人として存続の危機だ。大真面目にそう言いたくなるほど、駆け足になった心臓は収まらなかった。

爽のマンションに戻るまで、慧樹は口を利かなかった。

頭が混乱して言葉が上手く出てこなかったし、あれしきのことで取り乱しまくった自分が恥ずかしくてたまらなかったのだ。幸い爽の方は優一から電話が入り、帰りのタクシー内でずっと話していたので無理に会話をしなくても良かった。

しかし、キスの衝撃に悪酔いしていたのは慧樹だけだったようだ。帰宅するなり、爽の中では日常のスイッチが入ったらしい。彼は鍵を開けて先にズカズカ部屋へあがると、ぐずぐず靴を脱いでいる慧樹へキッチンから声をかけてきた。

「おい、夕飯どうする？」

「はぁ？」

「もう十一時になるぞ。腹減らないか？　キャバクラじゃ、ポッキーくらいしか食えなかったしなぁ。帰りにコンビニでも寄ってくれば良かったな」

「いらねぇよ」

思わず返事が刺々《とげとげ》しくなり、慧樹は憮然《ぶぜん》と上がり口に座り込む。あんなことがあった直後に、すぐ飯のことなんて考えられるもんか。そう胸の中で呟き、同時に激しく落ち込んだ。

（所詮、爽さんにとっちゃその程度のことなんだよな）

キッチンへ背を向けて膝を抱え、深々と息を吐く。

いっそこのまま立ち上がって、もう一度外へ出て行こうか、と思った。

(用事が済んだらさっさと帰れるようにって、わざわざ俺を呼びだして。挙句にゲイカップルの振りしろってか。シャレになんねぇんだよ、俺の場合は)

それなのに、つい流されて冗談とも本気ともつかない告白をしてしまった。いくら後悔しても後の祭りだし、今更なかったことにはできないだろう。あくまで芝居だと言い張れば爽は騙されてくれると思うが、それだとあんまり自分が可哀想すぎる。

「おまえ、本当に食わないのか？　冷凍でよければ、海老《えび》チャーハンがあったぞ」

「…………」

「慧樹？」

廊下へ出てきた爽が、背後から後頭部を指で小突いてきた。ガキ扱いすんな、とまた腹が立ち、慧樹は無視を決め込む。だが、燻る思いに根負けしてとうとう立ち上がった。

「あのさ、一つ訊いていい？」

「うん？」

「店でさ、どうして俺にキスなんかしたんだよ。あんな真似しなくたって、あのまんま店を出れば済むことだったろ。女の子たち、ドン引きしてたじゃないか」

「どうして……って……」

「俺、言ったよな。手を出すなら、ちゃんと執着してくれって。忘れたとか、ふざけたこと絶対言わせねぇからな。あんた、もうわかってるんだろ。俺が……」

「けいじゅ〜っ」

「わあっ」

話の途中で、小さくて暖かくてふよふよな物体が背後から抱きついてくる。驚いて大声を上げ、慧樹は慌てて肩越しに振り返った。案の定、綾乃のつぶらな瞳が嬉しそうにこちらを見つめている。彼女の向こう側には、優一が立っていた。

「な……葛葉さん……なんで……今の……」

「あのね、けいじゅをびっくりさせたかったの。そんで、あやのがおとうさんとあやののくつをかくしたんだよ。けいじゅ、びっくりした？　わあっていったね！」

「ええと……」

「すまなかったな、慧樹。綾乃がぐずって、どうしてもおまえの顔を見るまで寝ないと言い張るもので。さっき雁ケ音には電話して、部屋で待っているからと伝えておいたんだが」

現実に頭が追いつかず、口をぱくぱくさせる慧樹へ申し訳なさそうに優一が詫びる。しかし、問題はそのことではなかった。さっきのセリフを、彼はどこまで聞いていただろう。キスとか執着とか、どう取り繕ってもごまかしようのない内容だったはずだ。

「けいじゅ、ごはんたべないの？　あやのは、おにぎりたべたんだよ」

「おにぎり？」

「あとね、かんづめのおさかなとしゃうえっせん！　あやの、しゃうえっせんだーいすき」

「……葛葉さん」

「い、いや、今夜はちょっと料理の時間がなくてだな……」

「……はぁ」

とても、幼児の栄養バランスを考えた食事とは思えない。おにぎりはコンビニの商品だろうし、魚の缶詰とは恐らくツナのことだ。野菜はどうした、野菜は！　と説教したくなるのをグッと堪え、慧樹はのろのろと立ち上がった。

「綾乃、もうとっくに寝てる時間だぞ。おいで、一緒に寝よう」

「じゃあ、けいじゅのおうちにおとまりしていいの？」

「ああ。その代わり、ふざけてないですぐ寝るんだぞ」

「すぐねる！」

ぱあっと顔を輝かせ、満面の笑みで綾乃が元気よく頷く。よしよしと頭を撫で、慧樹は小さな手を引いて歩き出した。いろいろ気になることは宙に浮いたままだが、何だかとても疲れている。ひとまず、今夜のところは眠りたかった。

「……慧樹」

すれ違いざま、爽が何か言おうと声をかけてくる。だが、もう気力がもたなかった。慧樹は小さく溜め息をつき、「ベッド、綾乃を寝かせていいよな」と確認を取る。ああ、と答える彼に頷き返し、そのまま寝室へ入っていった。


慧樹と綾乃が就寝した後。

リビングでは残された爽と優一が、温いスコッチをちびちび飲んでいた。肴《さかな》もなく、グラスはどこぞのノベルティーというチープさだが、酒自体はバランタインの三十年物だ。以前、『堂本組』のゴタゴタに爽が巻き込まれた詫びだと言って上条から貰《もら》ったのだが、優一と家で飲む時にはこれを選ぶようにしていた。

「……雁ケ音」

「調査の件なら、明日にしてくれよ。ちゃんと仕事してるからさ」

沈黙を破って話しかける優一に、爽はわざとらしいほど明るく返事をする。だが、親友が訊きたいのはそのことではないと本当はわかっていた。

「さっき、慧樹が言っていたのは何のことだ？　おまえ、あいつに手を出したのか？」

「…………」

「答えろ、雁ケ音」

「手を出したっつうか、何つうか」

「はっきりしろ」

「出したよ、出しました。て言っても、キスしただけだぞ。それも、仕事の成り行き上で」

「…………」

「はいはい、違いますよ。スケベ心ですよ。ちょっと、そそられたんですよ」

半ば自棄になって肯定すると、盛大な溜め息が返ってくる。まるで、達筆な毛筆で「嘆かわしい」と大きく空間に書かれた気持ちだ。お陰で非常に居心地が悪かったが、ここは自分の家なので出て行くわけにもいかなかった。

「おまえ、どれだけいい加減で残酷な振る舞いか、ちゃんとわかっているのか」

予想した通り、優一は深く静かに怒っている。だが、無理もないことだった。爽だって、自分自身に呆れていたからだ。どんな言い訳もきかないし、できなかった。

「慧樹は言葉にしては言わないが、爽、おまえに惚れている。そのことはわかっているな」

「ああ……うん」

「何だ、その曖昧な返事は」

「……いや、ごめん。そうだな、最初っからわかってるよ。慧樹、嘘つけないしな」

「そうだな。あいつは、素直で真っ直ぐないい奴だ。だから、安心して綾乃を預けられる。上司としても年上の友人としても、俺はあいつを信用できる男だと思っている」

「葛葉……」

「だが、おまえは別だ。雁ケ音。おまえは信用ならん」

感激しかけた心に水を差すように、厳しい声音で優一が断言する。爽は絶句し、二人はしばし黙ったまま見つめ合った。

互いの真意を探るような、重苦しい沈黙が再び続く。

今度は、爽の方が先にそれを破った。

「俺、慧樹のこと、可愛いと思ってるよ」

「…………」

「そうでなきゃ、わざわざ職を世話したり居候させたりしねぇよ。そこまで善人じゃない。あいつには、他人の気を惹く天性の『何か』があるんだよな。何だと思う、葛葉？」

「俺が知るか」

「デカい黒目かな。それとも、甘ったれなくせして生意気な表情かな。ふとした時にたまに見せる、荒《すさ》んだ目つきかもしれないな。とにかく、この俺を年下の男に個人的に親切にしてやろうと決心させるくらい、特別な奴だとは思ってる」

でも、と爽は言い澱《よど》んでグラスを呷《あお》る。焼けるような琥珀色《こはくいろ》の液体が喉を滑り落ち、くらりと甘美な目眩《めまい》に一瞬襲われた。その感覚は、慧樹にキスした時とよく似ている。悪ふざけで済まなくなってしまった、歯止めを緩める危険な感覚だ。

「慧樹が望むようには、あいつを愛せない……か？」

「うーん……」

「やはり、同性のハードルは高いか。おまえ、生粋の女好きだしな」

「まぁ、そこは確かに厳しいけど。でも、それが原因ならキスだって無理だろ」

「あいつは、執着しろと言っていたようだが？」

先刻の会話をしっかり聞いていた優一は、てらいもなく切り込んできた。

爽は苦笑し、瞳に自己嫌悪を滲ませる。

「俺、そんな恋愛したことないからなぁ」

「雁ケ音……」

「葛葉、おまえがさっき言ったように俺は信用できない男なんだよ。とことん他人を愛せるか自信がない。そういうの、ダメだろ、やっぱ」

「………」

「慧樹は孤児だったこと以外はあまり話さないが、亜里沙の申し出にあれだけ嫌悪感を露《あら》わにした態度からもわかる。多分、人から愛情を注がれた記憶がないんだ。俺みたいな男じゃ、絶対に相応しくない」

だったら、どうしてキスなんかしたんだ——そう優一は言いたかったに違いない。だが、予想に反して彼は責めてこなかった。ただ小難しい顔で腕を組み、困ったものだと言いたげに黙り込んでいる。その姿はエリート刑事時代の、難事件にぶち当たった時の彼を彷彿《ほうふつ》とさせた。どんなに頭が切れ、優秀と謳《うた》われても、人の感情が交差して生まれる複雑なドラマだけは理屈通りに解決へは導けない。優一は、その言葉を肝に銘じるようにくり返し言っていた。「先輩刑事の城島さんから、真っ先に教わったのがそれなんだ」と、いつだったか酔った勢いで聞いたことがある。

「何はともあれ、一つだけ雁ケ音に言っておく。今後、慧樹の気持ちを揺らすような真似はするな。どうしても脈なしだと思えば、あいつだっていつかは諦める。その先に、巡り合うべき本当の相手が見つかるだろう」

「俺は踏み台かよ」

「仕方がない。リスクを負わずに他人の心を手に入れようなんて、所詮は無理な話だ。雁ケ音にその覚悟が持てない以上、俺はおまえから慧樹を守るぞ」

「…………」

こうなると友人と言うよりは、ほとんど父性の塊だ。爽は心の底から感心し、優一にここまで言わせる慧樹は大した奴なんだな、と改めて思った。

爽が根っからの善人でないように、優一も妙なところで他人の気持ちに鈍感な面がある。自分たちはそういう似た者同士で、だからこそウマが合ったのだ。

だが、優一は綾乃ができて明らかに変わった。子どもと日々向き合う生活は、『鈍感』の一言では許されないものがある。毎日の緊張感が、彼を父親として成長させてきた。

同様に、もしかしたら慧樹との暮らしは爽に何かしらの影響を与えている気がしなくもない。外泊がちなのは相変わらずだが、爽は目つきが柔らかくなったとよく言われていた。

けれど……――。

「わかった。今後は、ちょっかい出さないように自制する」

「そうしてくれ。慧樹に辞められたら困る」

「さくっと利己的なこと言うね、おまえ」

それでも親友か、と憎らしく思いながら、最後の酒をいっきに飲み干す。

純度の高いアルコールも、慧樹の唇ほどは酔えないな、と爽は大真面目に思った。

3

亜里沙《ありさ》と溝口《みぞぐち》は、恐らく単なる依頼人と弁護士の関係ではない。

だが、溝口にはキャバクラ嬢の愛人がおり、亜里沙の方には溝口と個人的な付き合いを窺《うかが》わせる行動が見られなかった。そこから爽《そう》は「色じゃなくて金だ」と結論づけたが、綾乃《あやの》を引き取ることで両者に利益が生まれるとはとても思えない。むしろ、養わなくてはいけない家族が増えるのだから、自由度は下がるし出費も増えるはずだ。幼い子どもを抱えての仕事は、何かと思い通りにはいかないだろう。

「現に葛葉《かつらば》さんだって、しょっちゅう綾乃の件で事務所を空けてるしなぁ」

う〜んと腕組みをして、今も空席の所長席を慧樹《けいじゅ》はちらりと見た。幼稚園へ綾乃を迎えに行き、その足で実家へ預けてくると聞いている。上司が留守なのは気が楽なので別に困りはしないが、問題は爽と二人になってしまうことだった。幸い彼は亜里沙の調査で外出中だったが、まだ五時前なのにもうすぐ戻ると連絡が入っている。

「もしかして、爽さん、何か摑《つか》んだのかな。嘘だろ、まだ交替して二日目じゃん」

溝口の調査は十日間だったので、慧樹は契約期間終了後の爽に亜里沙の監視役を譲り、再び電話番に戻っていた。綾乃の子守りも復活し、表面的にはいつもの日々を過ごしている。

けれど……。

「なんか、やっぱり変……かも……」

一人の気安さからか、つい弱音が口をついて出てしまった。椅子の背もたれで思い切り背中を反らし、天井を見上げながら溜《た》め息《いき》をつく。

「爽さん、絶対俺のこと避けてるよな」

認めたくはなかったが、原因はきっとキャバクラでの一幕だ。

あの時、パニックに陥った慧樹は告白とも言えるセリフを口走ってしまい、成り行きで爽にキスされた。だが、はっきり返事を貰《もら》えたわけではない。まさか家に綾乃たちがいるとは思わなかったし、その後は時間がたてばたつほど話題を蒸し返せなくなって現在に至っている。つまり、相変わらず宙ぶらりんな状態のままだ。

「以前に輪をかけて帰ってこねぇし……」

気になるのは、そのことだった。もともと爽は外泊がちで、出先で意気投合した女性と遊んで帰らない、なんてのは日常茶飯事だ。だが、それでも多少は慧樹の機嫌を気にしてか、度が過ぎないよう彼なりに考えている節があったのだ。だから、何日も連続では外泊しなかったし、週に数日は必ず一緒に夕飯を食べてくれた。

「帰って……こないし……」

くり返すと、何だか悲しくなってきた。もしかしたら、爽はいよいよ自分を鬱陶《うっとう》しいと思い始めたのかもしれない。今まではのらくらやってこられたが、勢いとは言え「付き合え」と迫られてさすがに引いた可能性もある。いくら想いがダダ漏《も》れだったにしても、はっきり言葉にするのとしないのとでは、やっぱり天地ほど違いがあった。

爽に一目惚《ひとめぼ》れして三ヶ月ちょっと。

ずっと、側《そば》にいられなくなるのが怖かった。

慧樹は常より臆病になり、どうしても一歩が踏み出せなかった。見込みのない片想いなどさっさとケリをつけ、すぐ次にいった方が合理的だ。今までの自分ならそうしたし、そもそも男に一目惚れって何だよ、と後から笑い話にしたかもしれない。

でも。

できなかった。

曖昧な関係は時に苦しくて、手のひらで遊ばれているのかと悔しくもあったが、それでも爽の側にいたかった。名前を呼ばれ、戯《たわむ》れに頭を撫《な》でてもらい、同じ屋根の下で存在を感じていたかった。俺は犬か、と自嘲《じちょう》したこともあったが、爽の特別になれるなら何でもいいと思っていた。

「潮時……なのかな」

もし、本当にウザがられているのなら、知らん顔で居座ることはできない。爽は慧樹から家賃を取らず、事務所から支払われる給料も「貯金しろ」と受け取らなかった。必要最低限の食費と光熱費以外は、全部自由にしていいと言われている。それは、早く金を貯《た》めて出て行けという意思表示だったんじゃないかと、今更のように思えてきた。

「お、露骨にヒマそうな態度だな」

「爽さん……」

景気よくドアを開けて、爽が陽気に入ってきた。淀《よど》んでいた空気が一変し、心なしか室内の照明まで明るくなった気がする。爽は大股でズカズカと窓へ近づくと、「おまえ暑くないの？」と言いながら全ての窓を全開にした。

「は～、疲れた。やっぱ、今年も猛暑になんのかねぇ」

「まだ七月に入ったばっかだぞ。オヤジは体力なくて気の毒だな」

「ガキは、元気だけが取り柄だもんな？」

慧樹の憎まれ口に負けじと言い返し、爽は振り向き様ニヤリと笑う。以前と変わらない、妙な人懐こさのある笑顔だ。ふてぶてしい野良猫みたいだ、とこの顔を見るたびに慧樹はいつも思う。

「あの、昨日はさ、大丈夫……だった？」

「大丈夫って何が？」

「や、だからさ、着替えとか……昨日で三日くらい戻ってないし。そのシャツ、さすがに洗濯しないとヤバくない？　ま、俺……が心配することじゃねぇけど……」

「……ああ、今日は汗かいたしな。そろそろ着替えるか」

「うん、まぁ……いいよ、その方が。……多分」

「そうだな」

「…………」

まずい。会話が終わってしまった。

ある程度予期していたが、気まずい沈黙がやってくる。爽の開けた窓から外の喧騒が流れ込み、子どものはしゃぐ声や自転車のベル、車が走り抜ける音などがやたらと目立って聞こえてきた。セロファンで透かし見るような、どこか懐かしい光景が嫌でも目に浮かぶ。

だが、日々の愛《いと》おしさに満ちた夕暮れ時が、慧樹は少し苦手だった。それは、十九年間生きてきて、一度も自分に縁のないものだったからだ。

「慧樹、どうした？」

「え？」

唐突に、爽が話しかけてきた。窓枠に凭《もた》れ、サングラス越しに窺うような視線が向けられる。心細さが顔に出ていたのかと内心慌て、慧樹は「何でもない」と笑顔を作った。

「それよかさ、早く帰ってきたのには理由があるんだろ。何、なんか摑んだ？」

「あー……うん、まぁ……」

「爽さん？」

「……まいったな」

どういうわけか爽は不意に苦々しい顔つきになり、感情をごまかすように煙草《たばこ》を一本口に銜《くわ》える。だが、取り出した百円ライターのガスが足りないのか、何度やっても上手《うま》く火がつかなかった。見かねて慧樹が椅子から立ち上がり、彼の手からライターを奪う。あ、と戸惑う爽をよそに火を灯《とも》すのに成功すると、「ほら」と口元へ近づけた。

「よくわかんねぇけど、とにかく一服したら。葛葉さん、戻りはまだ遅いと思うし。俺に話すのがマズイんだったら、別に今話すこともねぇし」

「仕事は関係ねぇよ。変な気を回すな。おまえだって、立派にうちの社員だろ」

あんがとさん、と火のついた煙草を揺らして呟《つぶや》き、深々と煙を肺まで吸い込む。慧樹は注意深く身体《からだ》を引くと、下の通りを眺《なが》める振りをして口を開いた。

「爽さん、俺さ……」

「亜里沙の魂胆がわかったぞ」

「え？」

衝撃の一言に、言おうとしていたセリフが消し飛んだ。まさか、と驚いて顔を上げ、どういう意味かと爽を見返す。またもや不敵な笑みを刻み、彼は慧樹を避けて煙を吐いた。

「あいつ、今日は店を早仕舞いして出かけたんだ。朝から格好が妙だったから、これは何かあるなと踏んだんだが案の定だ。慧樹、亜里沙は綾乃を金づるにする気だ」

「金づるって……どうやって……。それに〝格好が妙だった〟って？」

「あの女、普段は悪趣味なほど派手だろ。原色に露出度の高い服、扇情的な豹柄《ひょうがら》だのスパンコールが定番だ。おまえも、調査中は嫌と言うほど目にしただろうが」

「うん」

「ところが、今朝は違った。髪はまとめてるし、アクセサリーは細い金鎖のネックレスと小粒のピアスのみ。服は生成りのジャケットに膝下の花柄プリーツスカートで、インナーなんか薄いピンクだぞ、ピンク！　三センチヒールの地味なパンプス、同系色のメッシュのハンドバッグ、だが全てノンブランドで、どこからどう見ても質素で初々《ういうい》しいＯＬだ」

「質素で初々しい……」

あまりにツッコみどころが多すぎて、さすがに慧樹も絶句する。

爽が並べ立てた特徴は、何一つ自分が見てきた亜里沙と共通するものがなかった。元が美人だから地味な服装でもそれなりに見えるだろうが、何か理由があったとしか思えない。しかし、慧樹が監視していた十日間で彼女がそんな変身をしたことは一度もなかった。

「つまり、男と会うためじゃない。仮に狙った男の趣味に合わせて騙《だま》くらかそうとしているんなら、もっとその格好で頻繁に出かけているはずだ」

「じゃあ、誰と……」

「当然、尾行したさ。そして、行き先を特定した」

爽は上着のポケットをゴソゴソ漁《あさ》ると、丸い携帯灰皿を取り出して蓋を開ける。てっきり何か証拠品かと期待して覗《のぞ》き込んでいた慧樹は、当てが外れて嘆息した。だが、そのせいで一度は距離を取ったのに再び近づきすぎたことに気づき、急いで離れようとする。

「おい……」

爽が見咎《みとが》め、一瞬何かを言いかけた。

けれど、すぐに思い直したように目線を逸《そ》らし、吸いかけの煙草をギュッと押し潰《つぶ》す。ろくに吸ってなかっただろうに、と少し意外だったが、そういえば最近本数が微妙に減っているような気がした。

「行き先は、S区の高級住宅街だ。豪邸だらけの一角で、中でもとりわけデカいお屋敷に亜里沙は入って行った。おまえ、立花法源《たちばなほうげん》って男を知っているか？」

「誰それ？　坊さん？」

「……まぁ、坊さんみたいな名前だけどな。違う、政財界に顔の利く実業家だ」

「実業家……」

「立花グループって、よく耳にするだろ。ありとあらゆるジャンルに傘下企業を持つ、一大コンツェルンだよ。そこの親玉って言ったら早いか。今年で七十七歳になるが、依然として各方面に影響力を持つドンみたいな男だ」

「…………」

「亜里沙は、その法源の家に入っていったんだ」

いきなりスケールが大きくなり、「よくわからない」と慧樹は混乱する。そんな大物と亜里沙に、一体どういう繋《つな》がりがあると言うのだろうか。

「何だか、嫌な予感がするな」

爽が、サングラスの奥で瞳を歪《ゆが》めた。亜里沙が綾乃を突然引き取りたいと言ってきたこと、立花法源なる政財界のドンの存在が無関係ではないと彼は推測しているようだ。実際、彼女の借金が全て返済されている事実を鑑みれば、その線は非常に濃厚に思える。悪評高い弁護士の溝口がそこに目をつけ、亜里沙に協力をしている可能性も無視できなかった。

「葛葉さんに、早いとこ教えなきゃ。亜里沙と立花法源の繋がりは、どう考えても胡散臭《うさんくせ》ぇよ。俺、そんなとこに綾乃を絶対巻き込みたくない」

「慧樹……」

「わかってる。俺は他人だし、口を出す権利なんかないって。でもさ」

「いや、おまえは正しいよ」

「へ……」

落ち着け、と窘《たしな》められるかと思いきや、意外な言葉に慧樹は拍子抜けする。しかし、爽は大真面目《おおまじめ》な表情で「おまえは正しい」と力強くくり返した。

「確かに、綾乃は葛葉の子だ。俺たちに、あの子の身の振り方をどうこう言う権利はない。

この先、葛葉が言うように綾乃だって難しい年頃を迎えるし、男親だけじゃ手に余ることも出てくるだろう。俺たちが引き止めたことで、葛葉の人生だって大きく変わる」

「それは……」

「だが、俺もおまえも綾乃に……葛葉父子に関わっちまった。血の繋がりはなくても、大事に想う気持ちは家族と同じだ。そうだろ？」

「……うん」

家族、という響きに胸が熱くなり、不覚にも涙が出そうになる。慧樹は狼狽《ろうばい》し、急いで爽から視線を外したが、続く言葉に冷静な顔がどうにも取り繕えなくなってしまった。

「慧樹、おまえも同じだよ」

「え……」

「綾乃とおまえじゃ意味が全然違うが、俺はおまえに関わった。そのことを後悔したことは一瞬だってないし、これからだってそうだよ。慧樹、おまえは俺の『特別』だ。それは、絶対に変わらない。……こんなことしか言えなくて、ごめんな」

「爽……さん……」

それは、初めて聞く爽の真摯《しんし》な声音だった。

思いがけず本音を聞かされ、慧樹はどう答えていいかわからなくなる。言葉は喉《のど》で詰まったまま熱い塊となり、零《こぼ》れてくるのは意味を為さない溜め息ばかりだ。

「爽さん、俺……俺は……」

「さっきさ、おまえ俺に何か言いかけただろ。あれ、もしかして〝出て行く〟とかそういう類《たぐい》の話だったんじゃねぇかなって。違うか？」

「う……」

図星なので、また言葉に詰まった。正しくは「出て行く」ではなく「出て行った方がいいのか？」くらいの軟弱さだったが、いずれにせよ方向性は間違っていない。

「やっぱりなぁ」

しみじみと嘆息し、爽は弱り切った横顔で言った。

「おまえの気持ちに応えてやれない以上、構ったりするのも良くないなって。ま、葛葉にも怒られたし、俺なりに考えてもみたんだよ。そんで、やっぱ一緒にいる時間を削るしかないかって思ってさ」

「そんで、帰ってこなかったのかよ」

「まぁな。職場放棄するわけにゃいかないし。でも、おまえが出て行くかもって思うと、それはそれで嫌なんだよな。ほら、おまえは『特別』だし」

「……そんな……」

じゃあ、一体どうしろって言うんだよ。

そんな言葉がこみ上げてきたが、かろうじて何とか堪《こら》える。

今、爽ははっきり言ったのだ。「おまえの気持ちに応えてやれない」と。つまり、自分は彼に振られたのだし、これ以上一緒にいても不毛な想いを持て余すばかりだ。

それなのに、爽は「出て行っては嫌だ」と言う。なんて身勝手な奴だと腹が立つが、悲しいことにその言葉に喜んでいる自分がいる。

「ごめんな、慧樹」

もう一度、爽が謝ってきた。だが、本当は慧樹にもわかっている。爽は何も悪くない。こちらが一方的に惚れた挙句、彼の親切にこれ幸いとばかりに乗っかり「あわよくば」なんて調子の良いことまで考えていた。本当の意味で身勝手なのは彼じゃない、自分の方だ。

だけど、そろそろ現実と向き合わなくてはいけないようだ。

慧樹はゆっくりと瞼《まぶた》を閉じ、夢見がちな恋心を閉じ込める決心をした。

次に誰かを愛する時は、その気持ちを何より大事にしようと決めていた。けれど、好きな相手を困らせるだけなら話は別だ。

爽は、〝慧樹は『特別』だ〟と言ってくれた。

それだけでも、充分すぎるほど幸せだ。

「爽さん、俺、これからちゃんと家賃払うよ」

「え？」

「あ、もちろん、すぐに半分ってわけにはいかないけどさ。足りない分は掃除とか家事労働で返すから、とにかく家賃と生活費、毎月決まった額をちゃんと出す」

「慧樹……」

「だから、俺に気を遣っての外泊はなし。いいな？」

家事はこれまでも慧樹の担当だったので改めて言うことでもないが、一応のけじめなのであえて口にする。一方「ごめん」と言ったにも拘《かかわ》らず一向にめげた顔を見せない慧樹に、爽は少なからず戸惑っているようだった。しかし、こちらが無理をしていることはきっと勘付いているだろう。そこまで、他人の心情に疎《うと》い男ではない。

「……わかった。おまえがそうしたいって言うなら、俺に異存はないよ」

しばし黙り込んだ後、彼は憂いを吹っ切った様子でそう言った。

「ま、どっちにしろ今日は帰るつもりだったしな。さすがに、三日連チャンで同じシャツは厳しかった。今朝方、追い出されちまったし」

「追い出された？　マジで？」

「マジマジ。振られ記録、最短日数更新だ」

おどけて肩を竦《すく》め、さてと、と背筋を正してニコリと笑う。その笑顔を受け止めながら、ああそうか、と慧樹は心の中で呟いた。自分は、爽のこういうところに弱いのだ。

『兄ちゃん、すげぇカッコいいな』

あっという間——というのは多少嘘で、本当は若干手間取ったが——にヤクザ四人を路上へ突っ伏させた慧樹に、爽は口笛でも吹きかねない調子で賛辞を贈った。怪しげな青いサングラスの男としか認識していなかった慧樹は、そこで初めてまともに爽の顔を見返す。

そうして、一目で恋に堕《お》ちた。

いろんな悲しいもの、汚いものを見てきて、全部溶かしてしまったような瞳。色つきのレンズ越しでも、爽の眼差《まなざ》しから慧樹は容易にそれを読み取った。絶望を知っていながら、それでも笑える強い男だ。直感でそのことを知り、胸がどうしようもなく痛くなった。

一体、彼の過去には何があったんだろう。

サングラスで隠した瞳で、何を見てきたんだろう。

（ああ、そうか。だから、俺は爽さんのことを……）

数秒の間に気持ちはどんどん膨らみ、それは「愛しい」という感情に変化した。慧樹は生まれて初めて他人を心の底から欲しいと思い、側にいたいと強く願った。

（だったら……上出来かもしれない。二つの希望のうち、一つは叶《かな》ったんだ）

恋は成就しなかったが、側にいてくれと望まれている。少なくとも爽は自分を嫌っていないし、むしろ『特別』だと明言してくれた。恋情で結ばれなくても、彼との間には絆《きずな》がある。

だから、きっと大丈夫だ。

慧樹は静かに息をつき、頭を切り替えようと努力した。亜里沙の身辺に浮上した新しい情報を、優一《ゆういち》はどう判断するだろう。調査はもう少し突っ込んだところまで必要だが、これで

亜里沙の方に後ろ暗い思惑が見つかれば優一だって綾乃を渡すはずがない。

「葛葉さん、そろそろ帰ってくるかな。どうする、すぐ報告する？」

壁にかけられた時計で確認すると、時刻は間もなく六時半になるところだ。優一の実家は都内にあるので、幼稚園から綾乃を連れて行ったとしても戻ってきていい頃だった。何でも、爽にちらりと聞いた話ではけっこう裕福な家らしい。

「そうだな。立花法源の名前はあいつも知っているだろうし、仮にも亜里沙の元旦那なんだから何か心当たりがあるかもな。俺、ちょっと連絡してみるわ」

「うん……あ、電話」

話の途中で、事務所の電話が鳴り出した。慧樹は急いでデスクへ戻り、コホンと喉の調子を整えてから受話器へ手を伸ばす。家賃を払う、なんて大見得切ったからには、単なる電話番でも気を抜いていられなかった。

「はい、お電話ありがとうございます。『葛葉探偵事務所』です。お客様は、初めてのご依頼でいらっしゃいますか？　よろしければ、簡単に当社のシステムを……え？　あ、あの」

「どうした？」

流暢《りゅうちょう》な出だしに感心していた爽が、不意に様子が変わったのを不審がる。声を低めて問いかける彼に、慧樹は困惑も露《あら》わにそっと送話口を押さえて答えた。

「……彼女だ」

「彼女って……亜里沙か」

こっくり頷《うなず》いて、急いで電話に戻る。一体、どんな用件でかけてきたのだろう。亜里沙が話し合いのために事務所を訪れると約束した日付は、まだ数日先だ。

まさか調査がバレたんじゃないだろうな、と一瞬ヒヤッとしたが、どうやらそれは杞憂《きゆう》のようだ。彼女は優一の所在を尋ね、すぐ連絡を取りたいのだが携帯に出ないと苦情を言ってきた。職場なら、連絡を取り次いでもらえると思ったらしい。

「あの、所長ならもうすぐこちらに戻ってくると思いますので、折り返しで連絡するように伝えておきます。すみません、念のためにお電話番号を……」

慧樹の丁寧な応対に、初めは苛立《いらだ》ちを隠そうとしなかった亜里沙も少し気が収まったようだ。早口で番号を伝えると、さっさと電話を切ってしまった。

「葛葉さん、携帯に出ないんだって。どうしたんだろ」

「移動中か何かじゃないか。車の運転中なら……あれ？」

「何、爽さん？　どうかした？」

「ふぅん……」

亜里沙から聞いた番号のメモに視線を落とし、爽が何やら考え込んでいる。字が汚くて読めない、なんてオチだったらぶっ殺す、と内心密かに構えていたら、彼は意外なことを言い出した。

「この番号、俺が葛葉から聞いた携帯番号じゃないな。買い替えたのかな？」

「え？」

「慧樹、おまえ気がつかなかったか？　亜里沙の素行調査する際、資料貰っただろうが。そこに載ってた携帯番号とこれ、ナンバーが違うぞ。でも、俺たちが調査を始めてから携帯を替えた素振りはなかったよなぁ」

「じゃ、二台持ち……」

「その可能性が大だな。けど、なんで違う番号を出してきたんだ？　葛葉に教えてある方で構わないだろうに。なんか、引っかからないか？」

「うーん……」

一見ごく些細《ささい》なことのように思えるが、爽は妙なところで勘が働く。その彼が「引っかかる」というからには、もしかしたら何か裏があるのかもしれない。

「その番号、ちょっと調べてみるかな」

独り言のように、爽が小さく呟いた。


数日後。事務所に、溝口と亜里沙がやってきた。

最初はホテルのラウンジかどこかで話し合おうと言ってきたのだが、優一が職場にしてくれと突《つ》っ撥《ぱ》ねたのだ。来客用の応接スペースに彼らを案内し、擦《す》りガラスの古めかしい衝立《ついたて》で慧樹たちのデスクと空間を分ける。これなら、仕事をしている振りをしながら会話を耳にできるので、恐らく優一の目的もそこにあったのだろう。

「どうぞ」

慧樹は緊張しつつ、二人にお茶を出す。尾行や監視などでさんざん見知った顔だが、こうして正式に対面するのは初めてだった。そのせいか、向こうはこちらを知らないのにやたらと居心地が悪い。早々に退散すると、パソコンに目の前の爽からメールが入っていた。

(成る程ね。これで会話しようってわけか)

開くと、スカイプにログインのメッセージが出ている。携帯電話でやり取りしていると見咎められる恐れがあるが、パソコンを弄《いじ》っているだけなら問題ないだろう。

「早速だけど、決心はついたかしら。綾乃を私に返してくれない？」

開口一番、亜里沙が強気で迫ってきた。よりによって「返す」とは何事だ、と早くも慧樹は腹を立てる。その言い方では、まるで優一が綾乃を彼女から取り上げていたようだ。

「まぁまぁ、林田《はやしだ》さん。そう最初から興奮しないで」

「でも、溝口さん。この人、全然私からの電話に出ないのよ。避けてるんです。そんなの、卑怯《ひきょう》じゃないかしら。こっちは、できるだけ穏便に話し合おうって思っているのに」

「避けているわけじゃない。無用な言い合いはしたくないだけだ」

それまで黙っていた優一が、淡々と意見を述べる。声音はあくまで冷静で、強引な態度に出られても少しも動じてはいないようだった。亜里沙も鼻白んだのか溜め息を漏らした後、いくぶん嫌みを含んだ口調で言い返す。

「相変わらず、融通が利かないのね。あなた、本当に綾乃を愛してるの？　もし本気で綾乃を手離したくないのなら、そんな冷静でいられるかしら。無用だろうが何だろうが、私を説得してでも手元に置いておこうとするもんじゃないの？」

「どういう行動に出るかは、人それぞれだ。表面的なことで真実は測れない」

「はいはい、その物言いも昔と同じ。さすがは、元刑事さんね。なんだか、取り調べでも受けている気分だわ。あなたは現場にこだわって、ちっとも出世しようとしなかったし。キャリア組の奥さんたちの中で、私がどんなに肩身の狭い思いをしたか……」

いつの間にか、亜里沙の話は本題から外れて過去の恨み節になっていった。しかし、彼女がムキになればなるほど優一の冷静さが際立ち、昔から一貫して亜里沙が一人で空回っていたのではないかと慧樹は想像する。

『葛葉に惚れると、確かに相手は苦労するな』

すかさずチャット画面に文字が打ち込まれ、何を呑気《のんき》な、と慧樹は呆《あき》れた。優一と亜里沙の間にどんな確執があろうと、全ては過去のことだ。それより、早く綾乃について話し合うべきだろう。そんなことを書いてアップすると、すぐに返信がきた。

『焦るなって。立花との関係が、恐らく亜里沙の切り札だ。あいつ、きっと何か爆弾落とすぞ。葛葉も、それを警戒しているんだ。でも、もしかしたら』

その先が、いつまでたっても書き込まれない。いい加減待ちくたびれて、催促しようと向かいの席の爽を見ると、相手は能天気に煙草に火をつけているところだった。

『あのな！！！！』

怒りに任せて、タカタカとキィボードを叩《たた》く。

『中途半端なところで、切らないでくれよ。もしかしたら、何だよ？』

『悪い悪い。葛葉は亜里沙の切り札を、予想しているんじゃないかと思ってさ』

『マジで？』

『マジで』

亜里沙の切り札――それを、優一はわかっているのだろうか。

そういえば、と慧樹はショックを受けつつも考えた。

もともと優一は綾乃を何が何でも手放さない、と息巻いていたわけではなく、「場合によっては」と曖昧な態度を見せていた。綾乃は可愛いが、やはり女親は必要だ。亜里沙の母性愛が本物なら、検討してみる価値はある、と。

（でも、やっぱりどう考えても変だ。五年間も可愛がって育てた娘だぞ。綾乃がどんなに愛されて育ったか、そんなのあの子を見ればすぐわかる。それなのに……）

優一の真意が知りたい、と慧樹は思った。彼の父としての愛情を疑いはしないが、どうして何がなんでも綾乃を守ろうとしないのだろう。最初からその点が大いに不満だったが、優一は本音や言い訳めいたことを何一つ口にしない。

『もとから、あいつはああいう奴なんだ。必要最低限のことしか言わないし、たまの発言はボケが入っていて相手をポカンとさせる。本人、大真面目なんだけどな』

『そんな風にまとめんなよ。綾乃の一生がかかってんのに』

『だから、言ってるだろ。本人は大真面目なんだ。綾乃のことだって、誰より真剣に考えてる。そんなの決まってるじゃないか。父親なんだぞ？』

つい興奮しかけた慧樹に、親友ならではのフォローが爽から入った。確かに、昨日今日の付き合いの自分より、彼の方が優一については遥《はる》かに理解しているだろう。

お互いに合鍵持ってる仲だしな、と余計なことを思い出し、少しだけ慧樹はムッとする。しっかり振られたのだし嫉妬する立場にはないが、それでも羨《うらや》ましいと思ってしまう。ママ友仲間の貴代美《きよみ》に言わせれば「合鍵より、同棲している方が何倍も凄《すご》い」らしいが、生憎《あいにく》と爽との生活は「同棲」ではなく「同居」だ。合鍵というアイテムの方が、何となく艶《つや》っぽい響きがあるではないか。

「まぁまぁ、林田さん。昔の話はそれくらいで。それより、未来のことを話しましょうよ。

綾乃ちゃんを引き取ったら、新しい生活が始まるんですから」

延々と結婚生活の愚痴を続ける亜里沙に、やんわりと溝口がストップをかけた。その間、優一は一度も反論せず、黙って話を聞いていたようだ。そういう余裕の態度が、ますます彼女を苛つかせるのだろう。

「そうね、溝口さん。ごめんなさい、お忙しい中を来ていただいているのに」

「いやいや、私は仕事ですから。それに、あなたの味方でもある。綾乃ちゃんは、母親のあなたが育てるべきだ。今まで離れていた分、思い切り愛してあげないとね」

「溝口さん……」

感極まったように声を潤ませる亜里沙に、「三文芝居はやめろ」と慧樹は声を上げたくなった。その気持ちを荒々しくキィボードに打ち込むと、目の前の爽が必死で笑いを嚙《か》み殺しながらすぐ返信を送ってきた。

『亜里沙、全然変わんねぇな。あの臭い芝居で、何人も男を転がしてきたんだぜ？』

『あんなのに騙されるなんてアホか！　葛葉さんも、T大まで出といて情けねぇよ！』

『そうだな。あいつとの付き合いで、一番謎なのが亜里沙との結婚だ』

『しかも、デキ婚って。T大出の警視庁キャリアって肩書きと、葛葉さんの容姿にがっつり食いつかれたわけだろ？　あの女、六股までかけてやがったくせに！』

『五だよ』

『大して変わんねぇよ！』

壊れんばかりにキィを叩き続け、ハッと慧樹は我に返る。そうだ、こんなところでひっそりエキサイトしている場合ではなかった。

『爽さん、一つ質問なんだけど』

『どうした？』

『立花法源と亜里沙の関係、何だと思う？　多分、切り札だって言ってただろ』

『それか。葛葉にも訊《き》いたんだけど、あいつ何も言わなかったんだよな。俺も独自で調べたが、今の彼女と政財界の大物じゃ住む世界が違いすぎるんだよなぁ』

『愛人ってことは？　溝口とは男女の仲じゃなかったんだし』

『それはなかった。一番わかりやすい線だったんだけどな。でも、それなら綾乃を引き取るのも変な話だ。愛人待遇で贅沢させてもらってるなら、わざわざ幼い子どもの面倒をみようなんてこと思いつく女じゃない』

たった数日では、爽一人で調べるにも限界がある。自分がもっと役にたてたら、と慧樹が歯がゆく思っていると、擦りガラスの向こう側で溝口が勿体《もったい》ぶったように「ええと」と話を切り出してきた。

「実はですね、葛葉さん。私、林田さんより大変な真実を打ち明けられましてて」

「大変な真実？」

「はい。どうか、冷静にお聞きください。実は……」

「………」

「綾乃さんは、あなたのお子さんではないんですよ」

その瞬間、事務所内の空気が凍りついた。

慧樹は危うく声を上げそうになり、急いで両手で口を塞《ふさ》ぐ。そのまま爽に目で問いかけたが、彼も初耳だったようでブンブンと激しい勢いで首を振られた。

「そうなの、優一さん。今まで、あなたを騙していてごめんなさい」

「いや、林田さんを責めないでください。彼女は、あなたを愛していた。だから、今日まで真実を打ち明けられなかったのです。あなたと結婚した時に身ごもっていた綾乃ちゃんは、実は別の男性の子どもなのです」

「ごめんなさいっ」

わあっと涙声で亜里沙が叫び、わざとらしく咽《むせ》び泣く。だが、それでも優一は何も答えなかった。衝撃のあまり絶句しているのか、あるいは放心状態なのか、様子が見えないので何とも判断できないが、もちろん平気でいるはずはないだろう。

現に、慧樹は先刻から指の震えが止まらない。怒りより先に呆然《ぼうぜん》としてしまい、頭の中がぐちゃぐちゃに混乱していた。これは、まさに爆弾だ。爽が予言した通り、亜里沙はとんでもない切り札を用意していたのだ。

「優一さんには、ずっと申し訳ないと思っていたの。血の繋がりのない娘を、五年間も育ててもらっていたんだもの。でも、これ以上は私、もう耐えられない。綾乃は私が産んだ、間違いなく私の子よ。だけど、あなたの血は引いてないの」

「これで、おわかりいただけたでしょう。林田さんが、どうしても綾乃ちゃんを引き取りたいと申し出た理由が。彼女は、この五年間ずっと良心の呵責《かしゃく》に苛《さいな》まれてきたのです。だが、綾乃ちゃんももう五歳だ。来年には小学校へ入学しますし、母親だと名乗り出るには良い時期だと決心されました。いかがです、葛葉さん。ここは、実の母親である林田さんの願いを聞いてさしあげては」

「もし、五年間の養育費を請求する気なら、ちゃんと支払う準備はある……」

ガッターン！

亜里沙の言葉が言い終わらないうちに、物の倒れる音がけたたましく響いた。何事かと衝立を避《よ》けてこちらを窺った溝口と亜里沙は、引っくり返った回転椅子を見てギョッとする。

「あ、どうも騒がせてすみませんね。ちょっと、うちの新人がドジしまして」

机に両手を突いて立ち上がったまま、微動だにしない慧樹を指して爽がへらへら笑った。

「ほら、さっさとトイレ行ってこい。……ったく、ガキじゃないんだからギリギリまで我慢とかしてんじゃねぇよ。ほらほらほら！」

「え……あ……」

追い立てるように背中を押され、有無を言わさずトイレに押し込まれる。養育費のくだりで自制が利かなくなり、一瞬思考が真っ白になった。その時、衝動に任せて反射的に立ち上がったのだろう。爽が素早く動いて止めに入らなかったら、擦りガラスの向こう側へ殴り込んでいたかもしれない。

「爽さん、ごめん」

「いいから」

ドアを閉める刹那《せつな》、爽が短く目配せをしてニヤリと笑む。

気持ちをわかってくれたんだ、と思うと少しだけ救われた。

『綾乃は私が産んだ、間違いなく私の子よ。だけど、あなたの血は引いてないの』

残酷な亜里沙の言葉が、悪夢のようにひび割れて耳の奥にこだまする。

蓋をしたままの便器に腰を下ろし、慧樹は深々と息を吐き出した。こんなの嘘だろ、と何度も胸でくり返したが、弁護士まで担ぎ出してすぐバレるような嘘を言うとも思えない。第一、DNA鑑定をすれば一発で真実は暴かれる。

『ここは、実の母親である林田さんの願いを聞いてさしあげては』

くそっくそっくそっ。

ふざけんじゃねぇ。

綾乃はどこにもやらない。誰にも渡さない。あいつの居場所はここなんだ。どこへも行きたくないに決まってる。あいつは、父親が大好きなんだ。綾乃は……――。

「綾乃は……」

その先が、もう紡げなかった。

綾乃を大事に想う気持ちは、家族同然だと爽は言った。けれど、もし優一と綾乃に血の繋がりがないと証明されたら、いくら愛情があっても法律では親子と認められない。

「……くそ……」

身勝手な親に振り回され、慧樹は捨てられたも同然に養護施設へ預けられた。今の綾乃と同じ、五歳の時だ。直後に両親は失踪し、写真一枚残っていない。最初からいないものだと思って生きてきたし、それで上手くやってきた。いないものには裏切られない、だから恨《うら》む必要もない。その理屈が、精神のバランスを保ってきた。

けれど、綾乃は違う。母親はいなくても、父親から愛情をたっぷり注がれて成長した。もし本当の親じゃないなんて知ったら、どんなに傷つくだろう。その上、自分を手放した母親の元へ行かされるなんて、幼い彼女に理解できるわけがない。きっと、父親から捨てられたと悲しむだろうし、その辺のフォローを亜里沙がしてくれるとは思えなかった。

室内では、まだ話し合いが続いているようだ。

だが、状況が優一に不利なのは確かめなくても明らかだった。慧樹は行き場のない怒りを抱え、これからどうするべきか考える。けれど、脳裏に浮かぶのは亜里沙に手を引かれて泣きながら去っていく、綾乃の小さな後ろ姿ばかりだった。

「じゃあ、やっぱりおまえ……」

「ああ、知っていた。亜里沙は騙しているつもりだったろうが、さすがにそこまで俺もマヌケじゃないさ。あいつがいろんな男と付き合って、一番条件の良かった俺を結婚相手に決めたのもわかっていたし、綾乃を押しつけようとしていたのも承知だった」

すっかり暗くなった事務所内で、爽と優一が立ったまま話している。亜里沙たちが帰った後、綾乃の世話を慧樹に頼んで二人だけで残ったのだ。薄闇に包まれた空間で、爽の指に挟まれた煙草の煙が妙な存在感を放ち、亜里沙の告白がいかに彼らの覇気を奪ったかを如実に物語っていた。

「慧樹、えらいショック受けてたぞ。どうするんだよ、これから」

疲れたように溜め息をつき、恨めしい目つきで優一をねめつける。だが、爽だって本当は慧樹に負けず劣らずへこんでいた。長い付き合いの親友だと思ってきたのに、こんなに大事なことをずっと黙っていられたのだ。今更責めても仕方ないが、正直あんまりだと思った。

「すまなかったな、雁ケ音《かりがね》」

「心がちっともこもってねーし」

「いや、本当に悪いと思っている。本当は、誰よりおまえに打ち明けておくべきことだったし。だが、どうしても言えなかったんだ。言葉にしたら、現実に綾乃が自分の娘ではないと認めてしまうようで……」

「葛葉……」

「俺自身、もうすっかり忘れていたんだ。綾乃と血が繋がっていないなんて、思い出しもしなかった。それくらい、あいつを育てるのに夢中でやってきた」

机に浅く腰かけ、優一は震える声を抑えようとする。俯《うつむ》く横顔は、かける言葉がみつからないほど苦悩に満ちていた。なまじ端整な顔立ちなので、ますます爽は困惑する。美形の思い悩む風情というのは、見ている者の心臓にあまりよろしくなかった。

(こんな場面で不謹慎だろ、とか慧樹がいたら張り倒されてるな)

自戒の意を込めて胸で独白し、怒られている自分を想像したら少し気分が浮上した。とにかく、二人で一緒に落ち込んでいても始まらない。何でもいいから、有効な打開策を考えるのが先決だ。

「なぁ、葛葉。おまえが最初から腰が引けてたのは、綾乃が実の娘じゃないってわかっていたからだろ。あいつら〝お疑いならDNA鑑定でも何でもどうぞ〟ってえらく強気だったけど、じゃあ綾乃の本当の父親って誰なんだ？　知っているのか？」

「…………」

「まさか……」

嫌な予感がした。

「まさか、父親って立花法源の……」

「——息子だ。先月、病気で亡くなったばかりの」

「マジ……かよ……」

情けないが、漏れる声が上ずってしまう。立花と亜里沙の繋がりを見つけようと爽もあれこれ探っていたのだが、これといった手掛かりは何も得られなかった。だが、調査の途中で立花には一人息子がいて、長患いの末に亡くなったばかりなのは知っている。独身で子どももいなかったので、彼が継ぐはずだった事業や財産はどうなるのかと、政財界ではけっこう話題を集めていた。

「うわ、盲点だったな。家族構成やら何やら調べたけど、立花の息子と亜里沙が付き合っていたなんて情報はどこからも掴めなかった。くそ、俺もヤキが回ったな」

「おまえのせいじゃないさ、雁ケ音」

「え？」

「亜里沙と付き合っている時、立花の息子……由多加《ゆたか》は身元を偽っていたんだ。母方の姓を名乗り、質素なアパートで一人暮らしをしていた。財産目当てに群がる連中が多すぎる、自分自身をちゃんと見てほしいからだと言っていた」

「おまえ、知り合い……だったのか」

優一は頷き、暗闇の中、まるでそこに亡くなった友人がいるかのように視線を向ける。

「大学の同期だ。おまえが退学した後、親しくなったんだ。亜里沙は売れないモデルをやっていて、卒業の謝恩パーティでコンパニオンとして来ていた。俺は興味はなかったが、由多加は一目惚れをしたようだな。彼女については後々ろくでもない噂を山のように聞いたが、あいつはもう亜里沙に夢中になっていた」

「それが、何でおまえと結婚することになったんだよ。超展開すぎるだろ」

「そうだな」

吸っていた煙草を消して爽がツッコむと、くすりと優一は微笑《ほほえ》んだ。

あまり良い思い出ではないだろうに、何故《なぜ》だか瞳は穏やかだ。由多加という友人が、よほど大事だったんだろうと爽は思った。

「おまえが指摘した通り、亜里沙には同時進行で付き合っている男が何人もいた。由多加はその中の一人だったが、俺はそうじゃない。ただ、由多加と一緒にいることが多かったんで亜里沙とは顔見知りだった。そのうち……」

「おまえの実家がそこそこ金持ちだって、どこかで耳にしたんだな。で、彼女は貧乏アパート暮らしの由多加から乗り換えようとした、と。それが原因で由多加とは別れたが、その時にはすでに綾乃を身ごもっていたわけか」

「折悪《おりあ》しく、由多加は病気で倒れた。俺は彼の見舞いに行って、実家のことを何もかも打ち明けられた。そうして、病床から頼まれたんだ。亜里沙には立花家のことは決して言わないでほしい、財産目当てに生まれてくる子どもを必ず利用しようとするに違いない、と。彼は、自分が長生きはできないと知っていた。今日明日の命でなくても、二度と退院することもできず数年後には……そう話してくれた」

「葛葉……」

病に倒れた友人の必死な訴えに、優一は耳を傾けずにはいられなかった。そのことが自分のみならず、生まれてくる子どもの運命にも大きく関わるのだと思うと勇気が入ったが、どうしても由多加の望みを叶えてやりたかった。

「綾乃を守るためには、亜里沙と結婚するしかなかった。俺は一度だけ彼女と関係を持ち、彼女が〝妊娠した〟と結婚を迫って来るよう仕向けた。その間に由多加は実家へ戻り、俺とも一切の連絡を絶った。そこから立花家のことがバレるのを、防ぎたかったんだろう」

「…………」

「案の定、偽りの結婚生活に亜里沙はすぐ嫌気が差した。当然だ。俺は彼女を抱こうとしなかったし、彼女が望むような出世街道にも興味を示さなかった。綾乃を産んで、一ヶ月もしないうちに離婚したいと言われたよ。そこまでは、計算通りだった」

「計算って……じゃあ、おまえ最初から一人で綾乃を……」

「ああ。育てる気だった」

迷いもなく肯定され、なんて奴だと絶句する。

いくら友人の頼みだからといって、そこまでする必要があったのだろうか。血の繋がらない子どもを育てるために優一は刑事を辞め、時間の融通ができるだけ利くようにと個人の探偵業を始めた。正義感が強く、鍛錬している剣道の道も活《い》かせるとあって、警察官という仕事に彼は情熱を抱《いだ》いていたはずだ。それを全部棒に振って、友人の願いを聞き入れたのだ。

「お……まえ……」

「いいぞ、好きなだけ呆れてくれ。だが、俺は後悔していない。俺は……」

「バカ、おまえ……カッコよすぎだろ！」

「雁ケ音……」

言うなり、衝動的に優一の頭をかき抱く。溢《あふ》れる想いは言葉にならず、せめて抱く腕の力強さで伝えたかった。親友と言っておきながら、人生の一大決心を見守ることさえできずにいたなんて情けないにも程がある。今まで力になれなかったことを詫《わ》び、話してくれたことに感謝したかった。

「おまえ、ほんとに……何つうか……」

「雁ケ音、少し力を緩めろ。苦しい」

「うるさい。俺はな、おまえが大好きだよ」

「……それはどうも」

優一は相変わらず淡々と、的外れな答えを返してくる。恐らく、爽がどうしてこんなに感激しているのか全然わかっていないのだろう。昔から、そういう奴なのだ。マイペースで大胆で――わかり難《にく》いけど、めちゃくちゃに優しい。

しばらく、二人は黙って抱き合っていた。優一はともかく、勢いに任せて抱きついた爽は次第に気恥ずかしさが増してくる。外はすっかり暗くなり、いつしか自分たちを照らす月光が室内に淡く差し込んでいた。

「なんか……」

「ん？」

「そろそろ、離れようか」

「そうだな」

腕の中で、俯いていた優一がくすくすと笑い声をあげる。どうやら、爽の気持ちはちゃんと伝わったようだ。おずおずと腕を解《ほど》くと、彼は悪戯《いたずら》めいた目つきでこちらを見た。

「気にするな、雁ケ音。俺の結婚前後は、おまえだって大変な時期だっただろう。とても、他人の事情に首を突っ込んでいる余裕はなかったと思うぞ」

「まぁ、それはそうだけど……」

「それに、問題はこれからだ。亜里沙の奴、どうやって由多加の実家を調べたのか」

「実子には違いないもんな。綾乃が立花法源の孫だと証明されれば、由多加が継ぐはずの財産は全て綾乃に譲られる。亜里沙は後見人として、いくらでも贅沢ができるってわけだ」

「そんなことはさせない」

先刻までの穏やかな表情を一変させ、近寄り難いほどの厳しさで優一は断言する。彼は鋭い眼差しを夜空に向け、改めて由多加に誓うように口を開いた。

「俺は甘かった。五年もたっているんだし、もし亜里沙に母性が芽生えているのなら、と一縷《いちる》の望みを抱いたんだ。何と言っても、彼女は実の母親だ。綾乃が幸せになるなら、一緒に暮らす方がいいとな。だが、今日の話し合いでわかった。彼女は少しも変わっていない」

「おまえ、それで俺に身辺調査を依頼したのか」

「少しでも良い結果が出るなら、綾乃を渡してもいいと思ったんだ。身を切られるより辛《つら》い選択だが、綾乃には……由多加の分まで、幸せになってほしい」

「…………」

けれど、優一の期待はあっさりと裏切られた。

亜里沙は上辺《うわべ》だけの涙を浮かべ、白々《しらじら》しい娘への愛を口にした。悪徳弁護士と結託し、娘の人生まで踏み躙《にじ》ろうとしている。

「何とか、手を打たなきゃな。向こうが、家裁に持ち込む前に」

「ああ。裁判所から引き渡し命令が下れば、もう完全にアウトだ。時間がない」

「次の話し合いは、十日後だろ。そこで結論が出なかったら家裁行きか」

「……そうだ」

苦々しい顔つきで、優一が頷いた。状況は限りなく不利だが、絶対にどこかに突破口があるはずだ。爽が必死で考えを巡《めぐ》らせていると、不意に優一が気になることを言った。

「そういえば……」

「ん？　何だよ？」

「さっき、おまえが俺に抱きついてきた時、廊下で足音がしたぞ」

「廊下で足音？」

そんなの全然気づかなかった、と首を捻《ひね》りながら、何の気なしにドアへ視線を移す。

もちろん、そこには人影などなかった。

だが、明らかに誰かが開けたと思われる隙間《すきま》が空いている。そこから廊下の温《ぬる》い夜気が流れ込んできて、爽が新たに銜えた煙草の煙を揺らしていた。

4

けいじゅ、と小さな手がゆさゆさ身体を揺らす。いつの間にかうたた寝をしていた慧樹は慌ててベッドから飛び起き、一瞬自分がどこにいるのかわからず困惑した。

殺風景な壁、見慣れない窓からの景色。

狭い箱庭のような空間は、ベッドと粗末なテーブルセットでいっぱいだ。

「けいじゅ、あやのおなかすいた。おうどんつくって」

「綾乃……」

粗末なシングルベッドの傍らに、綾乃が困ったように立っている。添い寝している間に自分だけ起きて、しばらく一人で遊んでいたようだ。床にはお絵かき帳と色鉛筆が散らばり、お姫様だの花畑だのがカラフルに描《えが》かれていた。

「ああ……そっか」

目が覚めるのと同時に、憂鬱《ゆううつ》な気持ちがいっきに蘇《よみがえ》る。ここは爽の部屋じゃない、ましてや優一のマンションでもない。街外れのビジネスホテルだ。

「けいじゅ」

「あ、ごめん、綾乃。お腹空《なかす》いたのか。もう朝ご飯の時間だもんな。でも、ここだと料理ができないからファミレスで何か食おうか。何でも好きなもの、食っていいぞ」

「じゃあ、ケーキ！」

「うどんじゃないのかよ」

あはは、と笑って綾乃の頭を撫で、お団子を結い直してやらなきゃ、と思う。彼女は一晩泣き通していたので、涙の痕《あと》で丸い頬《ほお》もがびがびだ。慧樹はまずバスルームへ行ってハンドタオルをお湯で湿らせると、綾乃の顔を丁寧に拭《ぬぐ》ってやった。

「……綾乃」

「ん～」

「お泊り、大丈夫だったか？　お父さんに会いたかったら、すぐ帰ってもいいんだぞ？」

「ん～ん！」

ハンドタオルの下で、彼女は頑固に首を振る。そうか、と呟いて、慧樹も弱気になるのはやめにした。こんなに小さな子が自分の意志を貫《つらぬ》こうとしているのだから、できる限りは力になってやりたい。そうでなくても、周囲の大人たちの身勝手さには辟易《へきえき》しているのだ。

（そうだよ。爽さんも葛葉さんも、こんな大変な時に何やってんだよ）

思い返すだけで、猛烈に腹がたつ。そもそも、自分と綾乃がこんな場末のビジネスホテルで夜を明かすことになったのは全部あの二人のせいなのだ。

（俺は、もう絶対あいつらを信用しないからな。絶対だ！）

昨夜、目にした光景は瞼に焼き付いたまま今も薄れてはくれない。あろうことか、爽と優一は事務所で照明もつけずに抱き合っていたのだ。薄闇の中、月光に照らされた重なる人影と爽の思い余ったような「おまえが大好きだよ」というセリフは、慧樹を絶望に叩き落とすのに充分な破壊力だった。

「けいじゅ……」

「何、どうした？」

「けいじゅ、だいじょうぶ？　どこかいたいの？」

ハンドタオルを外すと、鶫《つぐみ》のように真っ黒な目がジッとこちらを見上げている。え？　と作り笑顔で問い返すと、綾乃は心配そうに「ないてる」とか細い声で言った。

「けいじゅのめ、まっくろでぬれてるよ？　おなかいたいの？」

「え、う、嘘だって！　これは嘘泣き！　ほら、昨日の綾乃の真似、したんだよ」

慌てて潤んだ目をゴシゴシ擦《こす》り、しっかりしろと自身を叱りつける。ただでさえ今の綾乃は心細さでいっぱいなのに、余計な心配をかけるわけにはいかなかった。

何とかその場はごまかして、出かけるために持ってきた私服へ着替えさせる。今日は日曜なので、幼稚園が休みなのは幸運だった。

「綾乃、ちょっと携帯見せて」

「うん、いいよ」

ホテルを出た慧樹は、近くのファミレスを目指して綾乃と手を繋いだ。綾乃は一番お気に入りの花飾りのついた斜め掛けバッグに手を突っ込み、「はい！」と元気よく自分の携帯電話を差し出してくる。ピンクのカバーがついた、子ども用だ。彼女がこんな物を持っているなんて昨日まで知らなかったが、つい数日前に優一が買い与えたのだという。

「……やっぱりな」

無音に切り替えてはいたが、着信履歴には優一の名前がずらりと並んでいた。慧樹の携帯電話は電源そのものを切っていたので、絶対こちらにかけてくるだろうと思ったのだ。

「…………」

どうしようかと迷ったが、このまま無視するわけにもいかないだろう。慧樹は一つ溜め息をつき、履歴から優一へ電話をかけた。

『綾乃か？』

ワンコールが終わらないうちに、焦った様子で相手が出る。思わず返事にためらっているとすぐに声の調子が低くなり、「……慧樹か」と言われた。

『おまえ、綾乃を連れてどこで何をしているんだ。こっちは、一晩中連絡を待っていたんだぞ。大体〝綾乃と一緒にしばらく家出します〟って、何なんだ。メールで変な冗談を言ってくると思ったら、本当にいなくなっているし』

「すみません、葛葉さん。でも、冗談じゃないんです」

『ああ、それはもうわかっている。今どこだ？　綾乃もいるのか？』

「います。だけど、居場所は教えません。葛葉さんが、綾乃を絶対に元奥さんに渡さない方法を考えてくれるまで俺たち帰りませんから」

『慧樹……』

断固たる口調で宣言すると、さすがに優一もたじろいだようだ。だが、単なる思いつきや勢いだけで行動しているのではないと、どうしてもわかってほしかった。

亜里沙と溝口は、どんな手を使ってでも綾乃を引き取ろうとしている。おまけに、優一には綾乃と血の繋がりがないという致命的に不利な事実があった。何か、早急に手を打たねば手遅れになってしまう。

「葛葉さん、昨日綾乃のところに元奥さんが来たの知ってますか？」

『何……』

初耳だったのか、明らかに声が動揺していた。やっぱり、と慧樹は溜め息を漏らし、鼻歌を歌いながら歩く傍らの綾乃へちらりと視線を落とす。

「俺、綾乃を幼稚園に迎えに行った時、元奥さん……亜里沙さんとバッタリ会ったんです。彼女、保護者の振りをしてお迎えのドサクサに紛れ込み、幼稚園の庭で遊んでいた綾乃に声をかけていたんですよ。事務所で話し合いをした後、どこかで時間を潰して会いに行ったんだと思います。でも、葛葉さん、あんたはそのことを予想できたんじゃないですか？」

『…………』

「いや、絶対にできたはずだ。だって、亜里沙さんはもう何度か綾乃に会ってるんだから。それを知ってて、俺たちに黙っていたんでしょう？」

話している間にどんどん怒りが増幅し、慧樹は懸命に声を抑えた。あまり喧嘩腰で話していると、また綾乃が不安になる。だが、胸の中では優一への不信感が暗く渦巻いていた。

『亜里沙には……俺に無断で綾乃に会うな、と伝えている』

「そんなの、彼女が聞く耳もつわけないじゃないですか。この間、事務所に電話をかけてきた時に俺が聞いた電話番号、綾乃の携帯ですよね。つまり〝綾乃と一緒にいる〟って、暗に言ってきたわけですよね。あの日、葛葉さんは綾乃を実家に預けているはずなのに」

『あれは、亜里沙が無断で綾乃を連れ出したんだ。実家の者が目を離した隙に』

「それって、もう異常ですよ。あの女、どんだけ綾乃を欲しがってんだ。しかも、そのことを葛葉さんに誇示してる。それから……そのこと、きっと爽さんも知ってるんですよね？」

『…………』

沈黙の肯定に、わかっていたとは言え心が沈む。

あの日、爽は亜里沙からの伝言メモを読んで携帯番号に疑惑を抱いた。調べてみるか、と呟いたのを慧樹は覚えているし、爽なら一日もあれば番号の持ち主を調べられないわけがなかった。

「葛葉さん、俺、そんなに信用ないですか。そりゃあ、俺が亜里沙の監視をしていた時、彼女が綾乃に会っている素振りはなかったし俺も見抜けなかった。そのことは大きなミスだと反省してます。だけど……」

『そうじゃない、慧樹。それに、亜里沙が綾乃の元へ会いに行ったのはおまえが監視を外れた後だ。俺があいつからの電話に出ず、個人的な話し合いをしようとしなかったんで痺《しび》れを切らしたんだろう。俺を懐柔できないなら、直接綾乃に……と短絡的に考えたんだ』

「……でも」

『信じてくれ。俺も爽も、おまえをないがしろにしたわけじゃないんだ。ただ、この件に関してておまえはかなり熱くなっている。亜里沙の勝手な行動を知ったら、彼女のところへ乗り込みかねない。それは、おまえの綾乃への愛情だとわかっているが、亜里沙側にしてみればかっこうの口実を与えかねないだろう』

「…………」

確かに、優一の言うことには一理ある。事実、今もこうして綾乃を連れて、『家出』などというとんでもないことをやらかしている自覚はあった。慧樹は何も反論ができず、ただ自身への悔恨と情けなさでいっぱいになる。

「俺……」

唇が震えた。

かつてない孤独が胸を塞ぎ、やっぱり過去は消せないんだと頭の中で声がする。ほんの数年前まで、自分は暴力と快楽の世界で生きていた。満たされることのない飢えを抱えて、他人を傷つけたり傷つけられたりすることも厭《いと》わなかった。

「俺は……」

『慧樹？』

「俺、キレたら何するかわかんねぇし。昔よかだいぶマシになったと思ったけど、でも頭に血が上れば今だってバカやらかしかねないし。それで、爽さんにもしょっちゅう怒られて、だけど……俺は……」

『慧樹、違う。待て、俺が言いたいのは』

『葛葉、貸せッ！』

慌てる優一のセリフをぶった切り、いきなり電話口に爽が出た。慧樹はびくりと身体を強張《こわば》らせ、うっかり綾乃の手を離してしまう。だが、そのことに気づく間もなく耳元で『このバカッ！　ウダウダ言ってねぇで、さっさと帰って来いッ！』と怒鳴られた。

「そ、爽さん？」

『慧樹、おまえのいいところは何だ、言ってみろ！』

「い、いいところ？　そんなのねぇよ」

唐突に何を言い出すんだと、面食らいながら言い返す。しかし、爽は引かなかった。鼓膜にキンと鳴り響くほどの大声で、堰《せき》を切ったようにまくしたてる。

『バカ、いっぱいあるだろが！　嘘はつけねぇし、料理は上手いし、ガキだって一発でなつかせる！　喧嘩が強くて黒目がデカくて、可愛いって幼稚園の先生からも人気だろ！』

「何、それ……」

『うるせぇっ。それから、えーと、そうだ、妙に律儀《りちぎ》だし一宿一飯の恩義は忘れねぇし、何か一緒にいてもウザくねぇし……それから……』

「…………」

『とにかく、おまえのいいとこなんか俺も葛葉もよく知ってる！　多分、おまえよか余程たくさん知ってるんだ！　だから、一人でへこんでねぇで早く帰って来い！』

ムチャクチャだ、と半分呆れながら、それでも胸の奥が熱くなった。先刻までこびりついて離れなかった苦い塊を、柔らかくて温かな何かが呑《の》み込み跡形もなく溶かしていく。それは慧樹が今まで知らなかった、初めて味わう感覚だった。

「爽さん、あの……」

『何だ？　まだ足りないのかよ。ええっと、そうだなぁ』

「いや、そうじゃなくて」

『おまえ、キス上手いな』

「へ？」

『あ、うん、これはマジで。おまえ、びっくりしてた割にはちゃんと応えてきただろ。その動きが、なんつうか、エロかった。あれ、才能だと思うぞ。とにかく吐息が……』

『雁ケ音、貸せっ！』

今度は、乱暴に優一が会話を遮った。忌々《いまいま》しげな顔で爽を睨《にら》みつけている様が、容易に慧樹の脳裏に浮かぶ。この非常時に何を言ってるんだ、と電話口の向こうで言い争う彼らに、何だか一人で深刻になっているのがバカバカしくなってきた。

「あの、葛葉さん」

『え？　ああ、どうした？　すまないな、雁ケ音がバカで』

「いえ、あの……」

もうためらう理由など、どこにもない。

慧樹は短く息を吐き出してから、覚悟を決めて口を開いた。

「昨日、綾乃が泣きながら俺に言ったんです。〝おとうさんは、あやののおとうさんじゃないの？　あやのを、よそにやっちゃうの？〟って」

『え……』

「幼稚園から帰っても元気なかったから、亜里沙が何か吹き込んだのかな、とは思ったんだけど。まさか、そんな話を子どもにするなんて信じらんなくて。それで、綾乃がお父さんに電話するんだって自分の携帯を出してきて……俺、綾乃が携帯持ってるって知らなかったから、それにもびっくりして」

『…………』

優一は、無言で話を聞いている。だが、沈黙からは激しい怒りが伝わってきた。恐らく、側で爽も一緒に耳を傾けているのだろう。

「ちょっと弄らせてもらったら、綾乃の携帯番号がこの間亜里沙が俺に伝えてきたやつと同じだった。俺、どういうことなんだってわけわかんなくなったよ。葛葉さん、俺が伝言のメモを渡した時も、何も言わなかったし。爽さんだって、あれから調べたんなら知ってるはずなのに教えてくんなかったし」

『慧樹、だからそれは』

「わかってます。それは、もういいんです。ただ、昨夜は俺もテンパッちゃってたから、綾乃を連れて事務所まで行ったんですよ。どういうことか、ちゃんと訊こうと思って」

『事務所へ来たのか？　昨夜？』

僅《わず》かに、優一の声色が変化した。慧樹が言わんとすることに、ようやく察しがついたらしい。冷静な彼らしくなく動じる気配に、（ああ、やっぱり）と慧樹は嘆息した。

「俺が何を見て何を聞いたのか、わざわざ口にしたくありません。綾乃は俺に抱っこされて寝ていたから、何も知りません。けど、綾乃は〝おとうさんにあいたくない。おとうさんなんか、だいきらい〟ってずっと言ってました。綾乃、泣きながら寝てた。だから、葛葉さんからちゃんと話をしてもらいたかったんだけど……」

『………』

「でも、二人ともそんな場合じゃなかったようで」

『待て、慧樹。おまえ、何か誤解をしていないか？　俺たちの話を聞いてたって……』

「〝俺は後悔していない〟の辺りからです」

『それは……』

言葉に詰まる優一に、慧樹は更に問い詰めたくなる衝動をかろうじて抑える。ここで話を蒸し返しても悲しくなるだけだし、言い訳なんて聞きたくなかった。仮に、あれが爽からの一方的な抱擁だったとしても関係ない。むしろ、もっと傷つくだけだ。

「綾乃を連れ出したのは、そういう理由からです。俺、二人が信用できなくなって。確かに考えなしだったけど、あんたら何やってんだって腹が……たって……」

『慧樹？　どうした？』

「綾乃……」

ハッとして、慧樹は自分の右手を見た。綾乃に繋がれていたはずの手は、いつの間にか空を摑んでいる。綾乃は？　と急いで周囲を見回すと、数十メートル前方でしゃがんで野良猫とにらめっこをしていた。

「いた……」

心の底から安堵《あんど》の息を漏らし、慧樹は綾乃へ駆け寄ろうとする。目指すファミレスまで、あと少しだった。それから話の途中だったのを思い出し、再び携帯電話を耳に当てる。

だが、次の瞬間、慧樹の口から飛び出したのは「綾乃！」と叫ぶ声だった。

どうした、と受話口から声がする。優一と爽も、ただならぬ様子に異変を感じ取ったようだ。しかし、慧樹は答える余裕もなく一目散に走り出した。


「ちょっと早計だったねぇ。何を、そんなに焦ったんだか」

亜里沙の正面に腰を下ろし、イタリア製のソファの上で溝口が渋い顔をする。休日のオフィスは他に邪魔も入らず、人に聞かれて困る相談事にはぴったりだった。

「いくら実の母子でも、肝心の娘に嫌われちゃ後々が面倒だよ？　林田さん、あんたはもう少し賢い人かと思ったんだがねぇ」

「だって、葛葉があんまり余裕の顔をしているんだもの。どう考えたってあたしの方が有利なのに、なんであんなに落ち着いていられるのかしら。先生、不思議に思わない？」

「彼は、もともと物事にあまり動じない方だと君が言っていたんじゃないか」

「そうだけど……もしかしたら、何か秘策があるのかもしれないし……」

彼女は苛々と爪を噛もうとして、ネイルを変えたばかりなのに気づいて止《や》める。亜里沙が勝手に綾乃に会いに行ったことを知って、溝口は先ほどから苦言を呈していた。それに何だかんだと言い訳しつつ、不満と不安を口にする。

「何度顔を見せても、綾乃はちっともあたしになつかないし。だから、つい頭にきて言っちゃったのよ。あたしが、あんたのお母さんなのよって。あの男はあんたを騙して父親だとか言ってるけど、そんなの嘘なんだからって」

「林田さん……」

深々と溜め息をつき、溝口はしばし黙り込んだ。しかし、心の中では「この女、バカか」と嘲《あざけ》りの言葉を紡いでいる。実際、美人といっても三十を超えて容姿は衰えているし、蓮《はす》っ葉《ぱ》な物腰はどうにもいただけない。あの葛葉とかいう男は端整な容姿をしており、女性に不自由はしていないだろうに、どうしてこんな女に引っかかったのか激しく謎だ。

そこへいくと、セイラは愛らしい。

若くて美しい愛人の顔を思い浮かべ、溝口は思わずにんまりとする。彼女に出会ったのは依頼人に連れられていったキャバクラだが、店の女の子の中でも一際目立っていた。豊満なバストにくびれたウエスト。ぷっくりした唇は、官能的な果実のようだ。鼻は整形だと言っていたが、隠さず打ち明けてくれるところが可愛いと思った。

「ねぇ、溝口先生。大丈夫よね？　綾乃は、あたしの実子なんだし」

「え？　ああ、それは問題ないでしょう。ただし、あんたが余計なトラブルを起こさなければね。林田さん、あんただって叩けば埃《ほこり》の出る身体だ。もっと慎重になってくれないと」

「あら、先生がそんなこと言うの？　お互い様じゃないかしら」

説教が続いたので、亜里沙はあからさまに不機嫌になっている。男の前では癖になっているのか短いスカートから伸びた脚をゆっくりと組み替え、紅《あか》く濡《ぬ》れた唇を尖《とが》らせた。

「一番悪いのは、あたしを騙した由多加だわ。立花家の跡取り息子だったくせに、貧乏学生を気取ってさ。T大出たくせに官僚にもならないで、親戚のコネだとか何とか言って普通のサラリーマンになっちゃうし。でも、実際は父親の系列会社で修業してたのよ？」

「官僚を目指さなかったのは、葛葉くんも同じだろう」

「でも、実家がそこそこお金持ちだったし。それに、何と言ってもハンサムじゃない」

「……成る程ね」

「由多加が死んだ後、週刊誌に小さな囲い記事が出てさ。あれだって、鏑木《かぶらぎ》が家に読み捨てていかなかったらちっとも気づかなかったわ。もう、写真見てびっくりよ。あの立花グループの御曹司だったなんて。これ、詐欺《さぎ》だと思わない？　ねぇ、先生？」

ムチャクチャな理屈をこねて憤慨しているが、由多加の素性を知らずにさっさと見切りをつけ、お腹の子の父親に葛葉を選んだのは亜里沙自身だ。だが、溝口はその点を責める気はなかった。何と言っても、彼女の強欲さのお陰で自分まで甘い汁を吸えるのだから。

「鏑木さんの方は、何か言っていたかな？　もし話し合いが難航するようなら、組の若い連中を貸してもいいと話していたが」

「そんなに事を荒立てなくても、ゴチャゴチャ言うなら家裁へ持ち込めば一発よ」

フン、と勝ち誇ったように宣言し、亜里沙は何か思い出したようにほくそ笑んだ。

「そういえば、この間綾乃の携帯番号に連絡してって伝言しといたら、葛葉から凄い剣幕で電話がかかってきたわよ。開口一番〝綾乃に何をした！〟ですって。笑っちゃう」

「また、どうしてそんな厄介な真似を……」

「だから、言ったでしょ。あたしからの連絡を無視するからよ。綾乃のことなら何だって調べてる、あたしにはそれができるのよって、そう教えてやりたかったのよ。だって、あたしは実の母親なんだから。ま、実際に調べてくれたのは先生だけど」

「…………」

「嫌だわ、そんな顔しないで。先生、あたしたちはチームでしょ。鏑木だって、この件が上手く運べば店の借金はチャラにした上に成功報酬を出すって言ってるんだから」

話している間に機嫌が直ったらしく、視線に媚《こ》びが滲《にじ》んでいる。溝口の趣味ではないが、軽く遊ぶにはいい女かもしれない、とふと思った。現に、代替わりしたばかりの『鏑木組』の新しい組長は亜里沙を愛人の座に据えている。綾乃の件が片づくまで徹底して関係は隠さねばならないが、もともと溝口を亜里沙の弁護士に任命したのも鏑木だった。

「調停だの家裁だの面倒なことは避けたかったんだけど。この調子じゃやむを得ないかもしれないわね。先生、いよいよ腕の見せ所よ。しっかりやってちょうだい」

――そうなのだ。

普通なら、実の母親である亜里沙にすんなり親権が移るところだ。しかし、彼女の素行や環境は決して褒められたものではなく、その点を追及されれば判決が引っくり返る恐れは充分にあった。規模は小さいがヤクザの愛人に収まり、それ以前も多くの男と遊んだり修羅場を繰り広げたりしてきている。そんな女に幼い娘を渡せるかどうか、考えるまでもない。

溝口自身、セイラに入れ込んで『フェアリー』に多額のツケがあった。それ以外にも彼女はとにかく金がかかる女で、貢ぎ物の総額はこの数ヶ月で一千万は超えている。いくら溝口が手段を選ばないやり口で高額な弁護士費用を稼ごうと、一瞬で吸い上げられてしまうのだ。

「鏑木とあたしの関係、まさか向こうにバレてやしないわよね」

「それは大丈夫だ。彼が肩代わりした君の借金は私が完璧に出どころを隠ぺいしたし、それ以前に君は鏑木との付き合いをカムフラージュする別の男がいただろう」

「ええ、すぐ別れたけどね。仕方ないのよ、鏑木の奥さんって凄く怖いらしいの。目をつけられたら、冗談でなく殺されちゃうわ」

ぶるぶるとわざとらしく自分の肩を抱き、亜里沙は顔をしかめた。

「だから、いざ裁判になったとしても簡単にはバレないとは思うんだけど……」

「わかっている。万一、ということはあるしね。何、事実を揉《も》み消したりねつ造したり、そんなのはこの世界では日常茶飯事だ。人は裁判に勝つためなら、何だってやる。何も、私だけが特別な悪党というわけではないんだよ」

「ま、先生カッコいいわ」

「幸い、私たちには『鏑木組』というスポンサーがついている。ある程度は、金の力でどうとでもなるさ。君が無事に綾乃ちゃんの親権を取り戻し、彼女の後見人となれば、鏑木氏も元を取ってお釣りが十二分にくる」

「そうすればもっとシマが増やせるって、彼、言ってるわ。対立してる『堂本組《どうもとぐみ》』といつ抗争が始まっても勝てるって。そしたら、あたしのお陰だから今の奥さん追い出して、あたしと一緒になってくれるんですって。先生、あたし〝姐《あね》さん〟って呼ばれちゃうのよ?」

想像しただけで愉快になったのか、後半は笑い声混じりだった。全てが順調に運ぶと、心の底から信じて疑っていない顔だ。しかし、溝口もさして心配はしていなかった。

問題があるとすれば、亜里沙の軽はずみな行動だ。

無駄に葛葉の神経を逆撫でし、厄介な事態を引き起こさねばいいが。

「ねぇ、先生。あたし、昨日は失敗しちゃったでしょ。うっかり綾乃に本当のこと言って、そしたらあの子〝おばちゃんきらい。あっちいって〟って泣くのよ。まいったわぁ」

「ああ。おまけに、葛葉くんの部下の子に見られたんだろう?」

「あの若い子ね。綾乃がやけになついてんのよ。あたしのこと凄い目で睨んでさ、お陰《かげ》で幼稚園側にも顔を覚えられちゃって、もうあそこには近寄れなくなっちゃった」

だからね、と再び足を逆に組み替えて、彼女は心もちテーブルへ身を乗り出した。大きく開いた胸元から、零れんばかりに白い膨らみが目立っている。うっかりそちらへ気を取られた溝口は、続く亜里沙の言葉で瞬時に現実へ戻らされた。

「あたし、挽回しようと思って。綾乃だって、ちゃんと話せばわかってくれるわ」

「君……何……を……」

聞くのが憂鬱だったが、確かめねばなるまい。

亜里沙はうふふ、と意味深に笑うと、狼狽する溝口を楽しそうに見返した。

綾乃は、若い男の小脇に抱えられていた。まるで、宅配便の荷物のような扱いだ。目には大きな涙の雫《しずく》を溜めていたが、恐怖のためか泣き叫ぶこともできないようだった。

「綾乃……綾乃を放せ……」

「ご大層な口の利き方だな、慧樹。俺たちに命令か？」

「いつまで、チームのトップ気取りなんだよ」

「てめ、この状況でまだわかんねぇってか？　おら、人に頼む時はどうすんだよッ」

相手は、先日『フェアリー』前で絡《から》んできた昔のチーム仲間だ。『鏑木組』にスカウトされて下《した》っ端《ぱ》構成員になったのは知っているが、一人一人は大して喧嘩も強くない。だが、とにかく今は逆らえなかった。連中の手の中に、綾乃がいるのだ。

「けいじゅ……」

消え入りそうな声で、かろうじて綾乃が名前を呼ぶ。人目につかないよう、雑居ビルの隙間の路地まで連れてこられたので、助けを期待することもできなかった。

「けいじゅう……」

「綾乃、大丈夫だ。すぐ帰れるからな」

何とか元気づけねば、と気休めを口にすると、男たちがゲラゲラと笑い出す。聞いたか、おい。あの白雪《しらゆき》慧樹が、声を震わせて「大丈夫だ」だってよ。一人が揶揄《やゆ》すると、また笑い声が響いた。

「く……」

昔、慧樹はチーム内でも圧倒的な力を誇り、歯向かったり反抗的な態度を取る奴は片っ端から痛めつけていた。その中には、目の前の連中もいる。数年たった今も、その頃の鬱憤《うっぷん》や恨みは燻《くすぶ》り続けているのだろう。苦渋に歪む顔を、舌なめずりせんばかりに眺めている。

「おまえら、俺のことをボコりてぇんだろ。だったら好きにしろ。でも、綾乃は……」

「ボコる？　おいおい、街の不良少年じゃねぇんだ。そんな甘っちょろい言い方されちゃ心外だなぁ。俺ら、これでもヤクザさんなんだからよ」

「ここは朱坂街《あけさかがい》だ。『堂本組』の縄張りだぞ。おまえら『鏑木組』の人間が暴れたら、後々面倒になるんじゃねぇのかよ。下手《へた》すりゃ戦争の口実になるぞ！」

「そんなん、俺らの知ったことか。第一、こりゃ上からの命令だし？」

「何……」

慧樹は耳を疑った。少なくとも、自分はヤクザ関係とは一切付き合いがない。『堂本組』の連中を喧嘩で倒した件は、すでにカタがついている。まして、対立する『鏑木組』から難癖をつけられる覚えなどまるきりなかった。

どういうことだ、と困惑する様子が余程おかしかったのか、男たちはまたひとしきり笑い出した。一向に解放されない不安から、緊張の糸が切れた綾乃が「ふぇ……」と涙声になる。すかさず「うるせぇっ！」と怒鳴りつけられ、びくりと全身が固まった。

「綾乃！　綾乃、大丈夫だ！」

「けいじゅ、けいじゅううう」

「綾乃、ごめんな。すぐお家《うち》に帰れるからな！」

安心させようと必死に声をかけたが、男たちはますます面白がっている。綾乃を抱えている一人が、わざとらしい猫なで声で「綾乃ちゃ〜ん、お母さんが待っ、て、い、ま、ちゅよ〜」と信じられないことを言い出した。

「おい、待て。お母さんが待ってるって……」

「そうだよ、慧樹。俺ら、亜里沙さんに頼まれてんだ。どうしても、娘と二人で話がしたいんだとさ。だから、俺らの目的はこのガキ。てめぇなんか、どうでもいいんだよ」

「亜里沙が……どうして、亜里沙がおまえらと」

「〝さん〟をつけろや、こらァッ！」

言うが早いか、一人の蹴りが慧樹の脇腹にめり込んだ。綾乃を取られているので抵抗もできず、そのまま地面に膝を突く。衝撃で胃液がせり上がったが、吐く前に二回目の蹴りが左こめかみにヒットした。

「ぐはっ」

目の奥で火花が飛び、勢いつけて身体ごと吹っ飛ぶ。頭がぐらぐらしてまともに起き上がれず、激しい痛みに顔が歪んだ。転んだ拍子に唇を切ったのか、錆《さ》びた鉄の味が口の中に広がる。耳鳴りの続く中、何重にもひび割れた笑い声がぐるぐると慧樹を取り囲んだ。

「すっげぇ快感！　白雪慧樹に、二度も蹴り決めたぞ！」

「おい、そんな早く眠らせせんなよ。俺、もうちっと楽しみたい」

「こいつ、チームの女、食い放題だったかんなぁ。その面《つら》、俺らで整形してやんない？」

興奮してまくしたてる連中に紛れ、綾乃の泣き叫ぶ声が聞こえる。その途端、慧樹の中で猛烈な闘志が湧いてきた。今まで意図的に抑えてきた、かつての凶暴な自分が目を覚ます。相手が生きようが死のうが関係ない、動かなくなるまで叩きのめす——闘争本能だけに突き動かされていた、怒りと憎悪の塊だった過去の自分だ。

「てめぇら……」

喉の奥から、唸《うな》るような獰猛《どうもう》な声が漏れた。初めは耳に届かず浮かれていたが、慧樹がゆらりと立ち上がると連中の笑い声が尻切れトンボに消えていく。

「てめぇら……全員ぶっ殺してやる……」

「け、慧樹、おい」

「わかってんのか、こっちにはガキが……」

「黙れ」

ぎらりと光る目で射貫くと、相手が気圧《けお》されたように息を呑んだ。こめかみから生温かいものが流れ、頬を伝って顎《あご》から滴《したた》り落ちる。足元を血に染めながら、慧樹はゆっくりと連中へ近づいていった。

「綾乃を放せ」

燃えるような憤怒の声音に、男たちが一歩後ずさる。彼らが怯《おび》えれば怯えるほど、慧樹の口元に刻まれた笑みが冷ややかさを増していった。

「さっさと綾乃を放せ」

「…………」

「――放せ」

「う、うるせぇええええ――ッ！」

恐怖にかられた一人が叫び返し、殴りかかってきた。慧樹は薄く笑って、自分より体格の良い相手の拳《こぶし》を右手で平然と受け止める。まるで、飛んできた綿毛を掴んだ程度の軽やかさだ。いくら渾身《こんしん》の力を込めても押し切れず、男は目に見えて焦り始めた。

「く、くそ、慧樹、てめ……」

「誰に向かって、そんな口を利いてんだ？」

「く……っ」

先刻のセリフを皮肉混じりに返し、ぐぐ……と拳を押し返す。そのまま顔を近づけ、慧樹は嘲るような視線で相手をねめつけて囁《ささや》いた。

「手加減しねぇぞ、クズ」

パッと手を離して解放し、次の瞬間、自分の拳を繰り出そうとする――が、顔面にヒットさせる直前「やめろっ！」と声が響き渡った。

「やめろ、慧樹！　綾乃の前で暴力を振るう気かっ！」

「そ……」

慧樹がピタリと動きを止め、相手がへなへなと地面へ座り込む。

「爽……さん……？」

「このバカッ！　アホッ！　おまえがキレてどうすんだっ！」

思いつく限りの罵倒《ばとう》を口にしながら、爽がズカズカと近づいてきた。相当怒っているようでこめかみには青筋が立っているし、唇はわなわなと震えている。一体どうして、と慧樹は面食らい、昂揚《こうよう》していた気分がたちまち萎《な》えていった。

「おとうさぁん。うわあああああん」

綾乃が安堵したように泣き出し、ハッとして声の方を見る。いつの間にか彼女は優一の手に返っており、『鏑木組』の連中は見知らぬ男たちに囲まれて視界から遮断されていた。

「どうして……」

「綾乃の携帯には、ＧＰＳ機能がついてんだよ。そんでも、おまえが自主的に戻ってくるのを信じて俺たちは待っていたんだ。それなのに……バカが」

「…………」

「心配させやがって」

言うなり強く抱き寄せられ、しっかりと腕の中に閉じ込められる。一瞬何が起きたのか理解できず、慧樹は思考が真っ白になった。

「爽さん、あの……」

「…………」

「あの……」

身体を包み込む温《ぬく》もりは、確かな鼓動を刻んでいる。背中に回された手に力が込められ、爽の胸に深々と顔を埋《うず》めるとようやく現実なんだと実感が湧いてきた。

「血が……爽さん、ダメだよ。血で服が汚れる……」

「構わねぇよ」

「でもさ」

「……バカ」

何度目の「バカ」だろう、などと思っていたら、急に足元から力が抜けていく。狼狽する間もなく意識が遠くなり、慧樹は反射的に爽の身体へしがみついた。

「爽さん……」

ごめん。

ごめんなさい。

だから、俺のこと見捨てないで——。

そう言いたかったのに、もう声が出なかった。

爽に抱かれたまま、慧樹の意識はふっつりとそこで途切れた。

5

柔らかな水底に、慧樹はゆらゆらと抱かれていた。

水面から差し込む光の柱を巧《たく》みに避け、眩《まぶ》しさに目を細める。あそこには、一度も触れたことがない。自分には縁のない場所だからだ。あの光に包まれると、今までの自分が消えてしまう。一人で生きてきて、誰も愛さなかったことを後悔しそうになる。

だから、絶対に近寄らないんだ。

ただ揺れているだけでも、充分に満足できるから。

「――慧樹」

どこかで、自分を呼ぶ声がした。

慧樹は不思議な懐かしさに囚《とら》われ、何だか泣きたくなってくる。自分は、ずっとその声で名前を呼ばれたかった。ずっとずっと、その時を待っていた気がする。

「慧樹、おいで」

優しく誘《いざな》う声は、光の柱から聞こえていた。怖くないからおいで、と言っている。もう一人で生きていかなくてもいい、おまえが愛さなくても誰かがおまえを愛するよ。そう言われている気がして、慧樹は泣くのを我慢できなくなった。

「おいで」

手を伸ばすと、しっかりと握り返された。

光の柱で、その人は待っている。

慧樹は、生まれてきて良かったと初めて思い、何があってもこの手を離すまいと決心した。


「ん……」

薄く瞳を開け、慧樹はふと傍らを見る。自分がどこにいるのか一瞬記憶が混乱したが、答えは視界に映る相手が教えてくれた。

「おまえの家だよ、慧樹」

「俺の……家……？」

「ああ」

そんなものどこにもないのに、と思ったが、爽は力強く頷いている。いつもと雰囲気が違うな、と少し戸惑ったが、すぐに青いサングラスをかけていないことに気がついた。

「爽さん、目……」

「あ、悪い。気味悪いか？」

「そんなこと、あるわけないだろ。綺麗だなぁって思ってさ」

もともと、色素が薄いことは知っている。遮るもののなくなった瞳は澄んだ茶色で、光の加減では金色に見えることもあった。でも、咄嗟《とっさ》に本人が「気味悪いか」と口にしたことを考えると、きっとあまり良い思い出はないのだろう。

「綺麗か……そうかな」

「うん」

「そうか」

ニッと爽が笑った。嬉《うれ》しそうだ。自分が褒めたくらいでこんなに喜んでくれるとは思わなかったので、何だか慧樹も凄く嬉しかった。

「どこか痛むか？　腹減ってるなら、何か作るぞ？」

「ちょっと頭がズキズキする。でも、平気だよ。それより……」

「ん？」

「手……もしかして、ずっと爽さんが握ってた？」

ちら、と視線を走らせた先に、布団からはみ出した慧樹の左手がある。そこにしっかりと爽の左手が絡み、温かく握り返していた。夢の中で誰かの手を握ったことを思い出し、あの時かと慧樹は顔が熱くなる。なんだか、熱を出して寝込んだ子どもみたいだと思った。

「こめかみの傷は、そんなに深くないそうだ。けど、念のため後で脳波の検査するからな。

脇腹の方はひどい打撲だが、幸い骨はやられてない。おまえ、細いくせにタフだなぁ」

「殴られる時、急所を外すコツがあるんだよ。伊達《だて》に喧嘩に明け暮れてねぇし」

「そういうのは、自慢にならねーの」

軽口を叩き合いながら、爽は自由な右手をそっと前髪へ伸ばしてくる。そうして乱れた髪を慈しむように、何度か丁寧に梳《す》いていった。その時に触れられた感触で、おぼろげながら自分の状態がどうなっているのか慧樹は見当をつける。

額《ひたい》からこめかみにかけて包帯が巻かれ、切った唇の端には絆創膏《ばんそうこう》。多分、蹴られた脇腹には湿布があてがわれているだろう。この程度で済んだのは、本当に幸運だった。

「綾乃は……？」

「心配するな。元気にしてるよ。葛葉がつききりだから、気持ち的にも安定している。おまえが案じていた父子の断絶も、ちゃんと解決したようだし」

「え、それじゃ……」

「いや、本当のことはまだ話していない。あの子が理解できる年になるまで、黙っているつもりだと葛葉は言っていた。亜里沙の話はデタラメで、俺は本当の父親だし、おまえをどこにもやったりしない……そう言ったそうだ」

「良かった……」

それなら、優一は綾乃を手離さないと心に決めたのだ。たとえ血の繋がりがなくても、父親としてこれからも愛しぬくと誓いを新たにしたに違いない。慧樹はしみじみと喜びを噛み締め、同時に自分の犯した愚かな行為をどう償《つぐな》うべきかと溜め息をついた。

「……爽さん」

「ごめん、ならもう聞き飽きたぞ」

「へ？」

「おまえ、一晩中そう言ってた。ちょっと熱も出してたしな。うわ言みたいに〝ごめんなさい〟って何度も何度もくり返して、そのたんびに俺が〝大丈夫だ〟って言い返してさ」

「一晩中……？」

それが本当なら、爽は看病で一睡もしていないんじゃないだろうか。ますます居たたまれない気分になり、慧樹は無理やり起き上がろうとした。

「バカ、おまえどこ行く気だよ。少しはおとなしく寝てろって」

「だって……俺……」

「もういいよ。家出したバカは、ちゃんと家に帰ってきた。もしおまえが綾乃を連れ出さなくても、亜里沙は別の機会に必ず同じことをしたさ。それなら、昨日の慧樹は上出来だ。何しろ、表だって『鏑木組』の連中を暴れさせたんだからな。あいつら、この界隈で二度とあんな真似はできないだろう。その時は、冗談抜きで命がない」

「じゃあ、連中を囲んでいたのは……」

うっすら記憶を掠《かす》めた見知らぬ男たち、あれはやはり『堂本組』の人間だったのだ。優一と爽はただならぬ事態が起きたのを察して、彼らを現場まで連れてきたのに違いない。爽は『堂本組』の若頭、上条《かみじょう》と懇意にしているから、きっと話は早かっただろう。

しかし、そうなると慧樹にとって非常に面白くない推理が成り立つ。

要するに、亜里沙と『鏑木組』に繋がりがあることを爽たちは知っていたのだ。

「いつから……知ってたんだよ」

「亜里沙が、『鏑木組』組長の女だってことか？　そうだなぁ、おまえとバトンタッチしてすぐの頃かなぁ。俺、その直前まで溝口の調査してたしな」

「え……？」

「もともと、俺はセイラに目をつけてたんだ。溝口につけ入る点を見つけるとすれば、彼女しかいないと思ったからな。セイラの勤める『フェアリー』は『鏑木組』の店だろ。必然的にそっちと溝口の線を調べたら、あいつが店に相当な借金をしていることがわかった」

「…………」

「そこからコツコツ当たったら、亜里沙に溝口を弁護士としてあてがったのが『鏑木組』の組長だって判明したんだよ。そしたら、当然亜里沙と鏑木の関係も怪しいだろ？　タイミングよく溝口の調査期間が終わって、俺は慧樹と交替で亜里沙の調査についた。で、本格的に張ってみたんだが、ずいぶん巧妙に付き合いを隠していたらしく、証拠写真を撮るのにえらく苦労しちまったよ」

「え……じゃ、じゃあ、もしかしたら」

「……そう。俺がろくに帰れなかったのは、ずっと亜里沙のマンションを見張っていたからだよ。女のところに転がり込んでたわけじゃない」

「なんだ……」

「弱小事務所の辛いとこだ。交替要員もいやしねぇ」

やれやれだ、というように爽は苦笑し、複雑な様子で黙る慧樹をひょいと覗き込む。

「また、ハブにされたって怒ってんのか？　仕方ないだろ、この場合。葛葉も電話で言っていたが、慧樹は今回のケースだと異常に沸点が低くなる。いくら綾乃可愛さでも、おまえが暴走したらまずいんだよ。それに……」

「それに？」

「おまえには、綾乃を託していたからな。嘘のつけないおまえが感情面を不安定にしていたら、絶対に綾乃に影響する。あいつは、おまえが大好きだからさ」

「…………」

だけど、と力なく慧樹は思った。そんな風になついてくれた綾乃に、自分はひどく怖い思いをさせてしまったのだ。あんな小さな子に、下手をしたらトラウマになるような経験をさせてしまった。それは、どんなに悔やんでも悔やみきれない。

「俺……やっぱり謝らなきゃ。綾乃と葛葉さんに……」

「そんなに思い詰めるな。俺たちがおまえにいろいろ黙っていたのも、結果的には慧樹を悪い方向に向かせたんだ。お互い様だ。大体、あんな場所でヤクザに絡まれるとか、普通は想像できねぇだろ。おまえのせいじゃない。慧樹、おまえのことを誰も責めたりしねぇよ」

「爽さん……」

起き上がりかけた慧樹の背中に右手を添え、爽は再び横にさせようとする。その手に自分の手を重ね、慧樹は真っ直《まっす》ぐに彼の瞳を見つめ返した。

「爽さん、俺……」

「ん？」

「――ありがとう」

自然と、言葉が零れ落ちてくる。

爽が薄茶の目を見開き、少し驚いたように瞬《まばた》きをした。

「爽さん、俺を止めてくれただろ。綾乃の前で暴力を振るう気かって。あんたがああ言ってくれなかったら、本当に取り返しがつかなくなっていたかもしれない」

「いや、まぁそれは……な」

「俺、良かったよ。あいつを殴らなくて。こんな風に思ったの、生まれて初めてだ」

「………」

「俺、爽さんが好きだよ」

気負いもてらいもなく、唇が想いを音にする。

慧樹は微笑み、夢で見た水面から差し込む光の柱を思い描いた。

「はっきり振られてるのに、こんなこと言ってごめん。それに、爽さんが葛葉さんのことを大事に想っているのもわかってる。だけど、考えてみれば一度もちゃんと言ってなかったと思って。今更、言葉にしたところで仕方ないんだけどさ……」

「どうして？」

「え、いや、どうしてって……」

予想に反する答えが返ってきて、慧樹はしばし面食らう。事務所で抱き合ってたし、とか応えてやれなくてごめんって言われたし、とか様々な理由が頭に浮かんだが、何故だか爽の眼差しは穏やかだ。まるで、世の中で慧樹しか見ていないように思えてくる。

「あの……」

次第に息苦しくなってきて、上手く声が出せなくなった。

そんな風に見つめられたら、性懲《しょうこ》りもなくまた好きになってしまう。叶わないとわかっているのに、閉じ込めた恋心が勝手に夢を見始める。そうなる前に完全に終わらせてしまいたかったのに、それさえ許さないつもりだろうか。

「一度、訊こうと思ったんだけどさ」

戸惑う慧樹をよそに、あくまでマイペースに爽が尋ねる。

「おまえって、男にしか興味ないわけじゃねぇんだよな？」

「え？　あ、うん」

「でも、俺のことが好きなんだよな。俺の自惚《うぬぼ》れでなければ、多分最初に会った時から」

「……うん」

「そうか」

短く答えて、爽はしばらく黙った。何なんだよ、と軽く笑い飛ばしたかったが、茶化してはいけない気がして慧樹も黙る。

そうして互いに沈黙を続けた後、ようやく向こうが口を開いた。

「あのな、慧樹。俺、ちゃんと他人を愛したことがないんだ」

「え……？」

「詳しいことは省くけど、あんまり入れ込むとろくなことがないって、ガキの頃に思い知るようなことがあってさ。そんで、つまり……向いてないんだ、他人と真面目に付き合うって行為が。短いスパンで楽しくやれればいいし、お互いの存在が唯一無二になるとか、そういうの求めちゃいない。きっと、死ぬまでそうなんだろうと思う」

「…………」

「でもな」

少々気まずげに言葉を詰まらせ、爽は何かを決心したように再び話し始める。

「おまえのことは、そうしたくない。そんな風に扱いたくないんだ。もし、慧樹の気持ちを受け入れるなら、俺はちゃんとおまえと向き合いたい」

「爽……さん……」

「その自信が持てそうもなくて、俺、おまえには応えられないって言った。俺な、すげぇ矛盾してること言うけど、おまえと恋愛するならムチャクチャ愛したいんだよ。今まで慧樹が知らなかった分、全部俺がおまえに与えてやりたい」

「え……で、でも……」

いきなり熱烈な言葉を浴びせられて、たちまち慧樹は狼狽する。しかも、現在進行形で振られているのか告白されているのか、それすら曖昧で判断がつかなかった。

でも、はっきりしていることが一つだけある。

爽が慧樹を『特別』と表現したのは、決して口先だけではなかったのだ。

「あの、でも、爽さん……その、そうだ。事務所で葛葉さんに抱きついてたじゃないか。それで〝大好きだよ〟って、俺ちゃんと聞いたんだけど」

「ああ、あれな。そりゃまぁ、葛葉のことは好きだよ。あいつは高校時代から俺の憧れで、綾乃の件でますます俺の中ではポイント急上昇だし」

「だったら」

「うん、そうだな。迫られていたら、一回くらい寝てたかもな」

「………」

「だけど、生憎とそういうんじゃねぇよ。あれは、言ってみりゃエールの抱擁だ。あいつの戦いは、これからだからな。それに、俺、葛葉にはこんな気持ちにはならねぇし。こんな……何つうの、そわそわするっていうか。触らずにいられないっていうか」

言うが早いか、爽がそっと抱き寄せてきた。怪我《けが》を考慮してか、ずいぶん力の加減を気にしている。彼は時間をかけて腕の中に慧樹を収めると、長い長い溜め息をついた。

「一昨日《おととい》おまえが出て行って、そんで昨日駆けつけたら血だらけで怪我してて、なのに目つきだけギラギラ鋭くてさ。ぶっ倒れた後はなかなか目覚めないし。もう、三日くらいおまえのこと考えっ放しなんだよ。だから、これはもう捕まったなって認めることにした」

「それって……」

「俺も、おまえが好きだよ。慧樹」

少し腕に力を込め、降参とばかりに爽が言う。

「さっきも言ったように、俺はおまえが望むだけの愛をやれないかもしれない。そうしたい気持ちはあるけど、正直自信がない。だから、踏み出さない方がいいんじゃないかって思ってたけど……ごめんな、やっぱり無理だった」

「爽さん……」

「俺、覚悟を決めたよ。おまえを諦《あきら》めるくらいなら、自分が変われる可能性に賭ける。慧樹、俺と付き合って。つか、付き合え」

「それ、俺が言ったセリフじゃん……」

「返事は？」

頬を手のひらで包み込まれ、ゆっくりと上向かされた。

急転直下の逆転劇に、慧樹の頭はまだ現実に追いつけない。それでも問いかける真摯な瞳を見た瞬間、考える間もなく頷いていた。

「よし、じゃあ決まりだな」

「あっさり言うなぁ」

「何だよ、不満なのかよ」

「嬉しいよ。嬉しいけど……」

これは、現実なんだろうか。

もしかしたら、まだ水底の夢の続きにいるんじゃないだろうか。

「あの、つまり実感が湧かないっつうか。俺、ずっと爽さんに片想いしてて、浮いたり沈んだりをくり返してきたし。この間、もう完全にダメなんだなって思って、だからこれからは希望とか持たないようにしようって……ん……ぅんん」

話している途中で、強引に唇を塞がれた。爽とかわす、二度目のキスだ。

「ん……ぅ……」

心の震えは前回の比ではなく、慧樹はたちまち夢中になった。

熱でかさかさな唇を、爽の舌が丁寧に濡らしていく。くすぐったさがいつしか快感に変わり、舌先でなぞられるたびにびくっとなった。

「可愛いな、慧樹」

「くそ……くらくらする」

「何か言えば言うほど可愛いぞ、おまえ」

ふざけてんのか、と軽口に腹がたったが、実際ろくな反撃もできない。せっかく「キスが上手い」と言われたのに、今は愛撫を受け止めるのに精一杯だ。

唇を甘く食《は》みながら、爽はねっとり舌を搦《から》めてくる。戸惑う慧樹の反応を、心ゆくまで楽しんでいるようだ。女相手なら好きなようにリードできるのに、爽の舌だと思うだけで頭の芯が蕩《とろ》けたようになった。お陰で翻弄《ほんろう》されるままに、慧樹は口づけを受け入れる。

「爽さん、伊達に年食ってねぇな。テク持ってるし」

「そりゃあ、おまえよか何年も先をいってるし」

「詐欺だよな。見た目、五、六歳は若いじゃん」

「悪いね、母親譲りの美形なもんで」

「何、その少女マンガ設定」

キスの合間に応酬するやり取りは、照れ臭さも混じって普段と変わらない。けれど、ひとたび唇が重なれば、もうそこには甘い情熱しかなかった。

熱く湿った吐息を交わらせ、衝動の赴くままに口づけをくり返す。搦め取られた舌は痺れるほど蹂躙《じゅうりん》され、支配される悦《よろこ》びを慧樹は思う存分味わった。

爽は口づけながら慧樹の髪に指を絡め、愛おしげに掻《か》き乱す。傷口には触れないよう、注意深く避けている冷静さが少し憎らしかった。

「爽……さ……」

胸が苦しい。溢れる声が愛しい。

触れられた唇が、次第に熱を溜めていく。

たまらなくなった慧樹はきつく爽にしがみつき、煽《あお》られた身体を押しつけた。女を抱いている時はこのまま押し倒せばいいが、男同士は正直どうすればいいのかわからない。おまけに自分は今怪我人で、激しく動くのが難しかった。

「慧樹、おまえいくら何でも無理だろ」

「ここで終わりとか言われたら死ぬ」

「いや、死なねーし」

「我慢できねぇよ」

「ああもう、ガキはこれだから」

ポンポンと宥《なだ》めるように背中を叩き、爽が困ったように笑う。

「エロい声でおねだりとか、そういうのどこで覚えてくんの。大体、キスだけでメロメロになるような純情なタマでもないだろうが」

「知らねぇよ。キスでメロメロにしたの、あんただし」

「ほら、まただよ。殺し文句のオンパレードだな」

ちゅっと音をたてて鼻先にキスをされ、むぅと慧樹は膨れ面になった。この期に及んで人をガキ扱いして逃げようとしても、そんなの絶対許さないからな。そう言ってやろうとした矢先、爽がニヤニヤしながらいきなり股間に触れてきた。

「なっ、何す……」

「お、ちゃんと硬くなってるな。じゃあ、身体の方はオッケーか。慧樹、もし傷が痛むようならすぐ言えよ」

「だ……大丈夫……」

瞬時に全身が熱くなり、頬が火照《ほて》り出すのを感じる。まさか爽がここまで積極的になってくれるとは思わなかったので、嬉しい半分、戸惑いも大きかった。

もし、実際に触れて生々しい反応に引かれたらどうしよう。

先刻までは高まる欲望に素直でいられたのに、あまりに抵抗なく先へ進んだせいで逆に怖くなってきた。大体、爽は女好きなのだ。貞操観念が緩いとはいえ、さすがに男と寝たことはないだろう。それなのに、こんな場所を触らせてしまってもいいのだろうか。

しかし、慧樹の戸惑いとは逆に爽は少しの抵抗もなく指を進めていく。大胆に下着の中へ右手を潜り込ませ、慧樹自身を確かめようとする動きにためらいはなかった。

「は……う……」

手の中に包まれて、また硬くなる。屹立《きつりつ》したそこは痛いくらい張り詰め、頭がじんわりと痺れてきた。きっと、脳内でおかしな分泌物が出てるんだ。羞恥《しゅうち》を消そうと必死でそんなことを考え、爽の肩に額を押しつける。

「あまり力を入れるな。こめかみに響くぞ」

「だ……って……」

「だってじゃねぇよ。おまえを、痛がらせるためにやってんじゃないんだ」

変なところで年上ぶってる、と揶揄したかったが、そんな余裕などどこにもなかった。慧樹は息を深く吸い、爽の愛撫に合わせてゆっくりと吐き出す。下半身の刺激が淫靡《いんび》な波紋となって、全身を快感の波に呑み込んでいった。

「なん……か、嘘……みて……」

「ん？」

「爽さん……が、俺を……触ってる……」

「バーカ」

耳たぶを甘噛みし、爽は優しく悪態を吐《つ》く。彼の手で扱《しご》かれるたびに慧樹の分身は熱く脈打ち、先端から先走りの蜜を零していた。湿って滑りが良くなったせいか、爽の動きもどんどん滑《なめ》らかになる。強く弱く力を調節し、慧樹の反応を見ながら愛撫は続いた。

「ん……爽……さん……」

「どうした？」

「俺も……触る……」

このまま一人で達《い》かされるのは淋《さび》しい。そんな思いを込めて懇願すると、爽はいくぶん躊《ちゅう》躇《ちょ》するように右手の動きを止めた。

「ダメ……かよ……？」

「あ、いや、そうじゃねぇけど。おまえ、怪我人だし。本当はあちこち齧《かじ》りたいとこ、これでも、俺、かなり我慢してんだぞ」

「齧る？　舐《な》めるじゃなくて？」

「どっちもだよ」

うるせぇな、と呟くと照れ隠しに鼻を齧られる。どういう性癖なんだ、と可笑《おか》しくなったが、もう慧樹の欲望は止められなかった。怒られるのを覚悟で右手を伸ばし、彼の下半身へ触れてみる。服の上からでもはっきりと、爽が勃起しているのがよくわかった。

「あ、こら！」

「すげ……俺の触ってて、こうなったんだよな。なんかすげ……」

「実況すんな、エロガキ」

「嬉しい」

素直な感想を口にすると、信じられないことに爽の顔がぱあっと赤くなる。バカとか何とか呟いていたが、どうやら慧樹の手を拒む気はないようだった。

「しょうがねぇな。今日のところはお互い様だ」

「勝負じゃないんだから」

「怪我が治ったら、ちゃんとやるからな」

負け惜しみのようなセリフを吐き、爽が愛撫を再開する。慧樹も爽自身に直接触れ、自分がされて気持ち良いところを重点的に責めてみた。

「ん……」

爽の声が快感に上ずり、短く吐息が漏れ始める。艶《なま》めかしい音に慧樹が感じ、彼の手の中で蜜が溢れ出した。

「このまま……最後まで……?」

「最後まで」

慧樹の問いかけに即答し、爽が額をこつんとぶつけてくる。二人は向き合って座る格好で、身体を寄せ合いながら愛し合った。互いの分身を指で慈しみ、幾度《いくど》も口づけを重ねていく。

そうして相手を煽りながら、ほぼ同時期に欲望を高めていった。

「あ……！　あ、あ……あ……」

「く……けい……じゅ……」

「そう……さ……ぁああ……っ」

もっと愛したい。もっと楽しみたい。

頭ではそう思うのに、身体は驚くほど簡単に快楽へ堕ちていく。

爽が自分で達している、という事実が、慧樹の脳も感覚も全て犯してしまった。

「爽さん……」

痛みも羞恥も彼方《かなた》へ吹っ飛び、ただ闇雲に爽へしがみつく。

「可愛いな」

くすりと愛おしげに笑む気配が、うなじにくすぐったく響いてきた。


「じゃあ、行ってくる」

普段より上等なスーツを優美に着こなし、優一が慧樹たちを振り返る。同じ男ながら、思わず見惚《みと》れてしまうほど見事な紳士っぷりだ。祖父の代から懇意にしているイギリス人のテ

イラーに仕立てさせた、とさらりと言ってのけるあたり、とても場末の雑居ビルでしがない探偵事務所を開業しているようには見えなかった。

「綾乃は？　連れていくんだろ？」

「ああ。表の車の中で待たせている。今日のお団子は、今までで一番上手く結えたぞ」

爽の問いかけに涼やかに答え、彼は慧樹の方へ視線を移す。

「慧樹、おまえのスーツ姿なかなかだな。爽は胡散臭さが抜けないが、おまえは何だか良いところのボンボンみたいだぞ。後で、綾乃にも見せてやってくれ。きっと喜ぶ」

「本当ですか？　でも、俺もこんな高級なスーツ初めてですよ」

「貸衣装だけどな」

隣で憎まれ口をきく爽も、やはり慧樹同様に今日はスーツで決めていた。ただし、優一が言うように全身から漂う怪しげな雰囲気は否めない。青いサングラスが原因か、あるいは服の方でだらしなくなってしまうのか、決して似合わなくはないのに微妙な立ち姿だ。

「とにかく、溝口と亜里沙の方は俺たちに任せろ。おまえは、立花法源と思う存分話し合ってこい。ついでに、由多加の墓参りにも行くんだろ？」

「そうだな。綾乃と二人で線香をあげてくる。俺も、久しぶりに由多加と話したいよ」

「そうか」

最後の言葉に、爽は少し複雑な笑みで頷いた。彼からざっと話は聞いたので、慧樹も綾乃の本当の父親のことや、何もかも承知で優一が綾乃を育てていることは知っている。そんな話を聞かされたら、爽でなくても感極まって抱きつくだろうと今では理解もしていた。

「それじゃあな」

優一が事務所を出て行き、ビルの前に待たせている黒塗りの外車に乗り込むのを爽と慧樹は窓から冷やかしを込めて見下ろす。視線に気づいた優一が顔を上げ、何か車の中に向かって話しかけた。すると、フリルのついたピンクのワンピースでおめかしをした綾乃がひょっと姿を現すなり、こちらに元気よく手を振りだした。

「けいじゅ、そうちゃん、いってきまあす」

「はいよ、気をつけてな」

「かえったら、おうどんつくってね！」

安上がりなリクエストを残し、綾乃と優一を乗せた車が去って行く。視界から消えるまで見送ってから、ポツリと爽が「上手くいくかな」と呟いた。

「何しろ、向こうは政財界のドンだしなぁ。亜里沙が事前に出入りして、あることないこと吹き込んでないとも限らないし」

「大丈夫だよ」

自信たっぷりに慧樹は答え、夏の匂《にお》いが濃くなった昼下がりの風を思い切り吸い込む。その余裕な態度に、爽が横目で「へえ」と感心してみせた。

「ずいぶんきっぱり言い切ったな。根拠は何だ？」

「だって、相手は凄い人なんだろ？　俺、調べたけど個人資産が四百億くらいあったよ。それをほぼ一代で築いたって、普通じゃないよな。そんな人が、亜里沙と葛葉さんのどちらが信用できる人間か、見抜けないわけないし」

「言うねぇ」

「もっとぶっちゃければ、亜里沙の過去なんて絶対調べてると思うんだ。それこそ、業界最大手の腕利きの調査員とか選んでさ。そうしたら、いくら綾乃の実母だからって後見人に認めるとは思えない。亜里沙は綾乃さえ立花家の人間だと認められれば、それで何もかも上手くいくと考えてるようだけど……そんな甘いもんじゃないと思うよ」

「慧樹、おまえ賢くなったなぁ」

爽は素直に賞賛し、彼自身も同意見であることを口にする。

もし、亜里沙が普通に母親として親権を要求するだけなら、海千山千の溝口の手腕でどうにかできたかもしれない。鏑木との関係を証明するのは爽が隠し撮った写真だけだし、裁判になればどうとでも言い逃れは可能なレベルだ。爽は亜里沙の借金返済の金の出どころなども必死で追ったが、そちらは溝口がお得意の裏工作で綺麗に隠ぺいして摑めなかった。

「けど、亜里沙の目的は母親になることじゃない。立花家の財産だ。狙う標的としては、少しばかり敵が大きすぎたよなぁ」

「俺たちがこんなこと言ったからって、諦めて引き下がるとも思えないけどね」

「ま、そのために今日の話し合いはこっちで仕切らせてもらったんだ。ここらで、いっきにカタをつけちまおうぜ？　葛葉の方も、今日は正念場だしな。綾乃が十八になるまで、彼女の父親代理でいさせてほしいって直談判しにいったんだから」

「将来、立花家へ戻るかどうか、綾乃自身に決めさせたいって言ってたよな」

「遺産問題があるし、立花法源が健在なうちにちゃんと書面に起こしておかないと面倒なことになりかねない。また、亜里沙みたいなハイエナが群がらないとも限らねぇし。こうしてみると、死んだ由多加って奴も大変な人生を歩んできたんだろうな。俺、会ったことねぇけど、葛葉がここまでしてやるなんて相当なんだよ。いい奴だったんだと思う」

「妬《や》ける？」

ちょっとした悪戯心で尋ねてみると、意外にも真顔で「そうだな」なんて言ってくる。何だよ、と拗《す》ねた気分でいたら、ぐいっと肩を抱き寄せられた。

「自分で訊いといて、その顔かよ。俺の可愛い子は、嫉妬深いねぇ」

「ふざけんな。つか、可愛いとかよせよ」

「じゃあ、可愛くなくなってみろ。そしたら、二度と言わないから」

「う……」

可愛いと言われるのは心外だが、そんな風に開き直られると複雑になる。両想いになってからの爽は何かにつけてこの調子で、人前でも溺愛《できあい》ぶりを遺憾《いかん》なく発揮するようになった。お陰で慧樹は夜の綺麗ドコロから恨まれるわ、疎外感を感じた綾乃の機嫌を損ねるわで、最近はろくなことがない。唯一、ママ友の貴代美だけは驚きつつも祝福してくれ、「過保護から溺愛、大躍進じゃないの、慧樹くん」と言ってくれた。

「ま、順調に慧樹の怪我も全快したし、今日でいろいろ片づけば後はお楽しみが待ってるしな」

「お楽しみ……」

「約束だろ。次は最後まで。そのために、かきっこで我慢してやったんだ。褒めろ」

「爽さん……」

もう少しムードのある口説き方はないのかよ、と文句を言いかけたが、逆に悪ノリされても困るだけだ。それに、慧樹にとっても楽しみなのに間違いはない。両想いになった夜、互いの身体を嫌というほど指と舌で確かめた。その成果が、どう発揮されるのか期待は高まっている。

「慧樹、やらしい顔すんな。涎《よだれ》、垂れてる垂れてる」

「え、嘘っ。マジ？」

「——冗談」

何だか既視感たっぷりな会話を交わし、爽が腕時計に視線を落とした。

「そろそろ、俺たちも出るか。約束の時間、三時だったよな」

「この間の話し合いから、〝次は十日後に〟って言われていたのを引き延ばしたんだし。こっちが何か策を講じてるんじゃないかって、あいつら身構えてんじゃねぇの」

「そうやって揺さぶるのも、心理作戦の一つだ」

ふふん、と不敵な笑みを浮かべ、爽は仕上げをごろうじろ、と言わんばかりだ。

引き延ばした数日で、全ての役者と下準備は揃《そろ》えた。

綾乃は絶対に渡さない、と改めて心の中で誓い、慧樹は「行くぞ」の言葉に頷いた。


亜里沙と溝口を呼びだしたのは、朱坂街では一番まともなホテルのラウンジだ。都心の一流ホテルに比べれば規模は小さいが、それなりに小洒落《こじゃれ》た空間で評判はそう悪くない。アフタヌーンティーの時間帯は客もまったりしており、午後のお茶を優雅に楽しんでいた。

「そういう空間に放り込むと、あの二人のギラギラさは浮きまくりだな」

「うん。水に浮いた油みてぇ」

遠目に奥のテーブル席へ陣取る亜里沙たちを認め、慧樹と爽はウンザリな感想を呟く。余程気が急《せ》いているのか、彼らは約束の時間よりずっと早く来ていたようだ。テーブルには中味を飲み干したコーヒーカップが、仲良く二つ並んでいた。

「お待たせしました。葛葉優一の代理人、雁ケ音爽です」

「同じく白雪慧樹です」

「あなた……葛葉の事務所の……」

目の前に立って挨拶をすると、不機嫌に顔を上げた亜里沙の目つきが変わる。どうやら、スーツでの登場は効果があったようだ。隣の溝口は相変わらず仏頂面《ぶっちょうづら》だったが、彼女はやや友好的な表情になり、「どうぞ座って」と促《うなが》した。

「はい、では失礼します」

「早速ですが、今日私たちが出向いて来たのは他でもありません。葛葉優一氏から、あなたがたお二人の身辺調査を依頼されていたからです」

「な……んですって。身辺調査？」

「ふん。葛葉氏は探偵事務所の経営者だ。それくらい、予想しておりましたよ」

さっと顔を強張らせる亜里沙に比べ、溝口はあくまで強気の姿勢だ。係争の焦点は綾乃であり彼は担当弁護士でしかないので、自身の素行が話し合いの行方《ゆくえ》を左右しないと思っているからだろう。確かに、これが普通の親権争いなら彼の見込みは正しかった。

だが、実際は大きく異なっている。

亜里沙と溝口の目的は、綾乃ではなく金だ。立花家の財産だ。

そうして、彼らの背後には転がり込んでくる金を目当てに『鏑木組』が食い込んでいる。

「調査の結果、非常に残念ですが亜里沙さんには綾乃ちゃんの親権を得るのが難しい、と私たちは結論を出しました。どうでしょう、調停だ家裁だと仰《おっしゃ》っていますが泥沼になるのは必至です。ここは潔くお引きになって、今一度ご自身が綾乃ちゃんの母親として相応《ふさわ》しいか、見つめ直してみては」

「バカなこと言わないでちょうだい。綾乃は私が産んだ子よ。葛葉とは、一滴の血の繋がりもない他人なの。そりゃあ、今まで騙していたのは悪かったわ。でも、私だって離婚して女一人で生きていくのに精一杯だった。いつか真実を打ち明けて綾乃に詫び、一緒に暮らせる日を夢見て頑張ってきたのよ」

「……それで、ヤクザに頼んで拉致《らち》未遂かよ」

「何ですって？」

ボソリと漏らした呟きに、亜里沙の矛先が爽から慧樹へ変わった。あっという間にスーツの威力は失せ、彼女は刺々《とげとげ》しい口調で攻撃を開始する。

「ふざけないでよ。そんな証拠がどこにあるの。あたしは、ただ〝綾乃に会いたい〟って独り言を言っただけよ。たまたま近くで聞いていた人が同情して、少し先走った行動を起こしただけじゃないの。あたしは、ヤクザなんかと付き合いはないわ」

「ふぅん、そうなんだ」

「何よ、その言い方！　あたしをバカにすると、絶対に後悔するわよ！」

「林田さん、まぁまぁ落ち着いて」

見かねてようやく溝口が口を挟み、激昂《げっこう》しかけた亜里沙を宥めにかかった。その様子から察するに、溝口も大概亜里沙を持て余しているようだ。さすがに綾乃を無理やり連れ去ろうとしたのはまずかったと、彼も忌々しく思っているのだろう。

「ヤクザなんかと付き合いはない……亜里沙さん、はっきりそう言いましたね？」

「ええ。何よ、隠し撮りでもしたっての？　いいわ、裁判でもどこでも提出しなさいよ。そんなもの何の証拠にもならないって、ちゃんと知ってるんだから。先生、そうよね？」

「その通りです。第一、林田さんは綾乃ちゃんの実母だ。この揺るぎない真実の前では、どんな小細工をしようが無駄ですよ。ご自身の立場を見直すのは、葛葉氏の方ではないですかねぇ。血の繋がらない、まして男親一人では……」

「あら、溝口先生？　そうよね、奇遇だわぁ」

「え……」

「こんにちは、溝口先生。明るい時間にお会いするなんて、ちょっと照れ臭いわね」

「き、きみ……君は……」

馴《な》れ馴《な》れしく声をかけ、一人の若い女性が唐突に会話へ割り込んできた。同時に溝口の顔色がみるみる変わり、額に玉のような汗が吹き出す。亜里沙は若い女と見るや敵愾心《てきがいしん》をむき出しにし、険しい顔つきで彼女を睨みつけた。

「嫌ね、セイラよ。二日前にも、お店で会ったばかりでしょ？　ほらこれ、その時に先生から貰ったブルガリのバッグ。早速使ってるのよ。どう、似合う？」

「似合う……似合うが、どうしてここに……」

「どうしてって、それは……」

たっぷりのエクステをつけた睫毛《まつげ》を揺らし、セイラは不意に表情を変える。亜里沙に負けず劣らず冷ややかな眼差しで、セイラは貫くような視線を彼女に据えた。

「泥棒猫がこの変に出没するって、親切な方が教えてくれたから」

「……それは、どういう意味かしら。何だか、私に聞かせているようだけど」

「あら、バカそうな見かけの割に察しがいいわね。そうよ、あなたのことよ、お、お、おばさん」

「何ですって」

俄《にわ》かに空気が凍りつき、亜里沙が椅子から立ち上がる。間に挟まれた溝口はわけもわからず、オロオロと二人の女を眺めるばかりだった。どう考えても彼女たちは初対面なのに、初めから闘争心をむき出しにしている。一体これは……と狼狽していると、いきなりセイラが亜里沙に飛びかかり、その頬へ強烈な平手打ちを見舞った。

「ふざけんじゃないよ、この年増《としま》が！　鏑木に手を出して、ただで済むと思うな！」

「痛いわよ、何すんのよっ。あんた、いきなり鏑木って何なのよ！」

「今更しらばっくれても無駄よ。あたしは、ちゃんとわかってんだから。あんたが鏑木の女になって、あの人にいろいろ吹き込んでるってね。ふん、なにが個人資産四百億よ！　そんな美味《うま》い話、あるわけないじゃないっ」

怒鳴りながら亜里沙の髪を引っ張り、下着が見えるのも頓着せずミニスカートから伸びた脚で何度も蹴り始める。先制攻撃を食らった亜里沙は「痛い、痛い！」と悲鳴を上げ、何とかセイラから逃げようと身を捩《よじ》った。

「鏑木はね、あたしの男なんだ。あんたみたいなおばさんより、ずっと前からね！」

「嘘よ！　鏑木は、あたしだけだって言ったもの！　他の愛人は全部片づけたって！」

「そういうところが、バカなのよ。嘘に決まってんでしょ、そんなこと。大体、あんたよかあたしの方が若くて綺麗なのに、捨てられるわけがないじゃないの！」

「ちっくしょぉおおおっ」

暴力と暴言の嵐に怒りがピークに達したのか、突然亜里沙が大声で吠えた。ラウンジ中の客が唖然《あぜん》として二人を注視し、溝口はあたふたとテーブルの陰へ避難する。嫉妬にかられた二人の女は互いに摑み合い、殴ったり蹴ったり嚙みついたりと、止めに入ったホテルの従業員まで巻き込んでその場は大乱闘となった。

「何だ……一体、これは何なんだ……セイラ……おまえ……」

「お聞きの通りですよ、溝口先生」

耳元でにんまりと爽が囁き、わあっと身を引いた背中が慧樹にぶつかる。前後を挟んで逃げ道を絶つと、とうとう溝口は観念したようにおとなしくなった。

「私には……わけがわからない。どうしてセイラが……セイラは鏑木の女だったのか……」

「そのようですね。ま、乱闘の一部始終はしっかり録画しましたんで。どれだけヤクザと関わりがないととぼけても、亜里沙さん本人がはっきり言っちゃってくれましたから」

「貴様……それが目的か……」

「溝口先生だって、利用された一人じゃないですか。俺たちを怒ってるヒマがあったら、ご自身の身の安全を考えた方がいいですよ？」

サングラスの奥で、爽の目がきらきらと輝く。こういう時の爽は、本当にイキイキとしていた。心の底から楽しそうだよな、と慧樹は嘆息し、ほんの少しだけ溝口に同情する。爽と優一の二人を敵に回した以上、溝口の弁護士としての将来は絶たれたも同然だった。

(今日の計画を話している時の二人、すっげぇテンション高かったもんな。おまえら小学生男子かって、ツッコみたくなるくらいだったし)

今後は、慧樹にもきちんと情報を回します。

そんな約束の下、事前に彼らの計画を話してもらったのだが、正直内容よりも二人の悪党面の方が強く印象に残っている。元から胡散臭い爽はともかくとして、優一の新たな面を見たのが新鮮だった。さすがに爽の親友なだけはあると、慧樹は妙な感心をしたほどだ。

「鏑木氏は溝口先生を利用して亜里沙の親権を勝ち取ったら、そのままあんたを始末する気だったんだと思いますよ。だって、自分の女に手を出していたんですからね」

「そっ、そんなっ。あれはセイラが迫って……っ」

「先生は、ちょっとばかり彼女に入れ込みすぎました。単なる客の枠を越えようとした。おまけに、店に一千万の借金まである。鏑木が、成功報酬なんて払うわけないですって」

「…………」

「けど、『鏑木組』もかなりヤバい。亜里沙の暴走で、『堂本組』のシマで下っ端構成員がいろいろやらかしちゃいましたからね。今、二つの組は話し合いの最中です。『堂本組』の人間は綾乃を連れ去ろうとした『鏑木組』の連中をボッコボコにして、それを手土産に乗り込むかってところだったそうですから、まぁ都合の良い口実に使われちゃいましたね」

「じゃあ……私はどうすれば……」

「そんなの、俺たちの知ったこっちゃねぇよ」

腹に据えかねて、慧樹が吐き捨てるように言った。今回の件に限らず、溝口はこれまでにも弁護士の肩書きを利用してさんざん弱者をいたぶってきたのだ。証拠がないと言うだけで泣き寝入りした者は、どれだけの人数になるかわからない。

「今日の件で、亜里沙は大いに不利になる。どのみち親権が取れたところで、立花法源は彼女を孫の後見人とは認めないだろう。溝口先生、あんたは役立たずの弁護士だ。鏑木は追い込みかけるだろうし、『堂本組』の方も鏑木の仲間とみなしてるから同様だ。あんた、二つの組から逃げ切れる自信あんのかよ？」

「ひ……ひ……っ」

「一つだけ、助かる方法がなくもない」

蒼白になって震える溝口に、爽が悪魔のような笑顔を向けた。

「警察に保護を願い出ろ。警視庁の捜査一課に、城島《じょうじま》という刑事がいる。その人に取り引きを持ちかけるんだ。内容によっては、あんたの命を守ってくれる」

「と、取り引き？」

「ああ。警察に訴えて棄却された、あんたに関する詐欺、恐喝の実態を全部告白しろ。もちろん、あんたが以前に隠ぺいした証拠類も提出するんだ。簡単なことだよな」

「そんなことをしたら、私は……私が捕まる！　破滅してしまう！」

冗談じゃないと声を荒らげ、溝口は頭を抱えてイヤイヤをする。幾つだよ、と慧樹は辟易したが、爽はますます楽しそうに唇の両端を小気味よく上げた。

「それで命が買えるなら、安いもんだろ？」

「あ、慧樹」

一件落着、と大きく伸びをしながらホテルを出たところで、不意に爽が足を止めた。

「ネクタイ、曲がってるぞ」

「ほんと？」

「ああ、ジッとしてろ。直してやるから」

やっぱり慣れないいせいかな、と伸ばされた手におとなしく従うと、そのまま軽く引っ張られて「ちゅっ」とキスをされる。おい、と慌てて身を引こうとした時には、もう爽は涼しい顔で綺麗にネクタイを締め直していた。

「ふ、不意打ちすんなよっ」

「いや、するから」

「何でっ」

「そういう顔が見たいし」

「あ……のなぁ……俺で遊ぶなっ」

真っ赤になって抗議しても、幸せ絶好調な様子で聞く耳を持とうとしない。恋人になった途端、まるでスイッチが入ったように構い倒してくる爽にはびっくりだが、優一によると「今まで自制していた反動だろう」ということだ。

『雁ケ音は慧樹を〝人の気を惹《ひ》く天性の「何か」がある〟なんてほざいていたが、あの時から俺は確信していたよ。あいつの慧樹を見る目が、特別なんだろうってな。よくまぁ、あんな惚れた欲目全開のセリフを口にできたもんだ。恥ずかしげもなく』

優一らしい率直さで、そんな風に言っていたのを思い出す。その時は半信半疑だったが、今は嫌でも納得せざるを得なかった。

（それでも……爽さんは、きっと心のどこかで怯えているんだろうな。自分が、どこまで他人を愛せるのかって。俺のこと、絶対悲しませないでいられるかって）

爽の過去に何があったのか、まだ慧樹は何も知らない。このまま一生聞かない方がいいような気もするし、明日にでも知らされて呆然となるかもしれない。優一はさすがに知っているようだが、彼の性格からいって爽が許可しない限り絶対に語らない気がする。

だけど……——。

「ああ、そういえばさっき葛葉からメールがきた。何とか、交渉は成立しそうだってさ」

「マジで？」

「まじまじだよ」

いつかの綾乃の口真似をして、爽が「あはは」と声を上げて笑った。先刻ラウンジで見せた冷ややかな笑顔とはまるきり違う、明るく澄んだ瞳だ。ひとまず憂いの種は取り除かれ、明日からは平和な日常とやらが戻ってくるだろう。

でも、と慧樹は一つ訂正する。

もしかしたら、『平和』と呼ぶのはまだ気が早いかもしれない。

爽との関係は始まったばかりだし、お互いに全てが手探りな状態だ。慧樹は光の柱で摑んだ手を離す気はないし、爽も「変われる可能性に賭ける」と言ってくれたが、未来がどう転がっていくかは誰にもわからない。

(それでも、とにかく始めないとな。そうしないと、何も変わんねぇし)

おまえを諦めたくない、と爽は言ってくれた。

その気持ちがあれば、きっと自分たちは大丈夫な気がする。もしダメになりかけても、慧樹は頑張れる自信がある。だって、これは初恋なのだ。生まれて初めて、心から欲しいと強く願った相手なのだ。

だから、手離さない。

いらないと言われる日がきても、絶対に挫《くじ》けない。

「慧樹、ほらボケッとすんな。行くぞ」

「あ、うん」

背中をパンと景気よくはたかれて、先を歩く背中に慧樹はそっと胸で呟いた。

(爽さん、俺なら大丈夫だよ。あんたが俺を少しでも愛してくれるなら、その気持ちは俺の中で何十倍、何百倍にも膨らんでいく。最初から100%の愛情なんて、俺はちっとも望んでいないんだ。ただ、あんたが好きなんだ……それだけなんだ)

だから。
あんたの愛を、俺にちょうだい。
始める前に逃げ腰になるくらいなら、欠片《かけら》でいいから俺にちょうだい。
俺が、十倍百倍にして返すから。
「爽さん、待ってくれよ」
駆け出した慧樹を肩越しに振り返り、爽が笑って両手を広げる。
まるで慧樹の独白が聞こえていたように、彼は力を込めてきつく抱き締めてきた。

おまえの愛を、俺に食わせて

朝から七回目の溜《た》め息《いき》をついた時、とうとう堪りかねたように優一《ゆういち》が口を開いた。

「雁ケ音《かりがね》、どうでもいいが不景気な面《つら》はやめろ。それと、許可するから煙草を吸え」

「へ？」

「口が塞がっていれば、溜め息の数も減るだろう。まったく辛気臭い」

ひどい言い草だ、それでも親友かと文句が出かかったが、喫煙のお許しが出たのは正直有難かった。最近は綾乃《あやの》がいない時でも、事務所が煙草臭いと依頼人の心証に関わると言われて暗に禁煙を促されていたのだ。自分以外、喫煙者が一人もいないので、そうなると爽《そう》の立場は非常に弱かった。

「あー、美味《うま》い」

肺の奥深くまで煙を吸い込み、しみじみと呟《つぶや》く。五臓六腑《ごぞうろっぷ》に染み渡るとは、このことだ。所長席からの呆《あき》れた視線など、この至福に比べれば問題ではなかった。

「これで、濃いエスプレッソでもありゃ最高なんだけどなぁ。葛葉《かつらば》、経費で買おうぜ。エスプレッソマシーン。俺、毎日淹《い》れてやるからさ」

「冗談言うな。胃が壊れる。それでなくても、ストレス漬けなんだ」

「それを言うなら、俺の方が深刻だぞ。何しろ、恋の悩みだからな！」

「………」

「何だよ？」

「いや……何でも」

まるで未確認生物でも発見したような顔をされ、爽は憮然とする。別に、おかしなことは何も言っていないはずだ。溜め息の原因は紛《まぎ》れもなく、今ここにいない三人目の社員、白雪《しらゆき》慧樹《けいじゅ》であり、彼は出来たてホヤホヤの可愛い恋人なのだから。

「しかし、マジでどうしたもんか……」

早々に二本目の煙草に火をつけ、爽はボンヤリと呟いた。

慧樹とは何だかんだあって付き合うようになって、まだ一ヶ月もたっていない。難を言えば二人とも男で、それぞれ人に自慢できない過去があり、極めつけはまだキスと触りっこまでの淡い関係ってことだが、セックスに関してはそういうのもなかなか新鮮で面白くはあった。とにかく、今までは名乗り合う前にベッドイン、なんてノリも珍しくはない放蕩ぶりだったのだ。年下の慧樹の方が一足早く解脱《げだつ》し、爽が知り合った頃は硬派と呼んでも差支えないほど身持ちが固くなっていたが、会話の端々から察するに相当遊んでいただろうことは容易に想像がついた。

一方、爽はダメな大人の見本市のような男だ。去る者は追わず、来る者は拒まず。なまじ顔と愛想がいいので遊ぶ相手に不自由はせず、貞操観念などあって無きが如しだった。そのため、慧樹には内緒だが何度か男と寝たことはあったし、同性と付き合うこと自体に大きな偏見はない。ただし、あくまでノリであって継続した付き合いはほぼなかった。

「いや、そういうのは全部やめたんだって、俺」

「本当か？　どうも、おまえはどこまで本気だか読めないからな。とにかく、何の問題もないなら憂鬱《ゆううつ》そうにしているのは何でだ？　慧樹とは、上手くいっているんだろう？」

「葛葉……俺を心配してくれてんのか」

「おまえじゃない。俺が心配しているのは、慧樹だ」

「……ああそう」

つれない一言であっさり振られ、感激しかけた爽はたちまち膨れ面になる。そもそも、自分の周りの人間は皆、慧樹にひどく甘い。彼を事務所にスカウトし、連れてきたのは自分だというのに、誰一人感謝もしないのはどういうわけだ。

「気にくわねぇ……」

腹立ち紛れに煙草を吹かしていると、優一がやれやれと苦笑した。

「仕方ないだろう。慧樹を安心して任せるには、おまえは危なっかしすぎる。おまえ自身、その自覚はあるんじゃないのか」

「ちげーよ。俺以外の奴が、慧樹に構うのが嫌なんだよ」

「…………」

「慧樹、可愛いからなー。油断してると、誰がかっ攫《さら》うかわかったもんじゃねぇし」

「…………」

「何だよ、葛葉。化け物か幽霊でも見るような目で、俺を見るな」

アイスブルーのサングラスの下から、ムッとして端整な顔を睨《にら》みつける。だが、優一は鼻白んだように咳払いをすると、言い訳もせずにさっさと目線を外してしまった。まったく失礼極まりない男だ。

「あ〜、電話も鳴らねぇなあ」

盆休みを間近に控え、最近はめっきり依頼が減っている。どうやら、胡散《うさん》臭い案件も涼しくなるまで鳴りを潜めているようだ。反対に元気なのは夏休み真っ盛りの綾乃で、今日も慧樹にせがんでプールへ連れて行ってもらっている。

「こんなにヒマなら、俺も一緒に行けば良かったかなぁ。慧樹、プールサイドでナンパされてるかもしんねぇしさ。俺なら、そこんとこ上手くあしらって……」

「やめろ。おまえが一緒だと、もっと危険だ。綾乃の教育上、よろしくない」

「あ、そういうこと言う？　最近の俺がどんなに真面目か、葛葉だって知ってるだろ」

真面目、というと語弊があるが、確かに爽は遊ばなくなった。相変わらず夜の街を歩けば馴染《なじ》みのお姉さん方から声がかかるし、愛想良い返事もするが決して足を止めたりしない。

同性カップル故、慧樹との仲は世間で大っぴらにしていないが「ちゃんとしたお付き合い」を実践しているのは嘘ではなかった。

一見、全てが順風満帆に思える。

心の海は凪《な》いで、日々は愛に満ち足りていた。

それでも、気がつけば溜め息が増えている。その理由を、爽はちゃんとわかっていた。

「なぁ、葛葉」

「ん？」

「俺さ、やっぱり慧樹にちゃんと話した方がいいよな」

「話す……というと……」

パソコンに向かっていた優一が、モニターから顔をずらしてこちらを見る。爽は回転椅子の上に立てた両膝を、腕で抱え込むようにしてゆらゆらと左右に椅子を揺らした。おまえは幾つだ、とツッコまれるのは覚悟していたが、親友は何も言わなかった。

「慧樹は、五歳から養護施設で育ったって話していたろ。中学卒業と同時に飛び出すまで、ほとんどそこで過ごしたって。親の顔、ろくに覚えてねぇって」

「……ああ」

「どうなんかな。それに比べたら、親と暮らしていただけ俺の方がマシなのかね。なんか、どう話しても親がひどかったっつうオチになりそうでさ。あいつに聞かせるの、憚《はばか》られるんだよな。どんな親でも、ガキを捨てなかっただけいいじゃないかって。もしかして、慧樹にはそう思われるかもしんねぇし」

「雁ケ音……」

「あ、いや！　同情してほしいわけじゃねぇぞ？　ただ変な話、あいつとこういうことで溝を作りたくないんだよな。だから……正直迷ってる」

膝の上に顎を乗せ、爽は深々と八度目の溜め息をつく。

煙草は、もう吸う気にはなれなかった。煙と一緒に胸に巣食う過去の亡霊を吐き出せたらどんなにいいかと何度も思ったが、そんなことができるはずもない。

「まぁ、良い傾向なんじゃないか」

やがて、優一はいつもの淡々とした口調で意外なことを言った。え、と爽は驚き、発言の真意を測りかねて目線を上げる。もともと喜怒哀楽が極端に控えめな男だが、今もあまり普段と変わりない様子で「俺は非常に驚いている」と続けられた。

「他人と溝を作りたくないなんて、雁ケ音のセリフとは思えない」

「な、なんだよ、それ」

「おまえは〝去る者は追わず〟の人間だ。つまり、他人と深く関わるのを良しとしない。そういう人間が、他人との距離を気にするなんて普通はありえない。違うか？」

「…………」

元捜査一課刑事の鋭い眼光で問われると、条件反射で「すいません、俺がやりました」と頭を下げたくなる——というのは冗談だが、それに近い気持ちで爽は頷いた。それに、確かに彼のセリフには一理ある。今まで経験したことのない感情だからこそ、こんなにも面食らい、戸惑っているのだ。

「雁ケ音、おまえは以前俺に言ったな。他人をまともに愛せるか自信がない、と。だから、慧樹に踏み出すのはためらわれると。だが、結局おまえは慧樹が欲しいと腹を括《くく》った。その時、おまえの中に例外が生まれたんじゃないのか」

「例外……」

「何にでも例外はつきものだ。他の奴なら愛せなくても、慧樹だけは違う。無意識にそう思えたから、前へ進めたのかもしれない。だったら、怖がる必要はないだろう」

爽の心臓が、大きく鼓動を打った。

おまえは『特別』だ、と何度となく慧樹へ言い聞かせた自分の声が、耳の奥で鮮やかに蘇《よみがえ》る。もしかしたら、あれは自身への呼びかけだったのかもしれない。

「本当は、話したいと思っているんだろう？　慧樹に全部話して、理解してほしいと願っている。おまえが何を経験し、どんな風に生きてきたか。全て曝《さら》け出して、慧樹に受け入れてほしいと思っている。それは、おまえ自身が慧樹を受け入れている証拠だ。その気持ちを愛じゃないと、否定できる奴は世界に一人もいない」

「葛葉……」

「まぁ、そこまで惚れる相手に会えただけで、おまえは充分幸せ者だろう」

「葛葉ぁ！」

椅子を蹴って駆け寄り、デスクの向こう側からひしっと首に縋《すが》りついた。やめろ、とか何とか狼狽する声が聞こえたが、感激で胸がいっぱいなのでお構いなしだ。爽は日頃から心を許した相手にはスキンシップ過多な傾向があるが、ハグ以外にこの感動をどう伝えていいかわからなかった。

「葛葉、おまえ最高だな！　俺のことをよくわかってるよ！」

「……そうか」

「さすが親友だ！　一児の父親だ！　俺は猛烈に感動している！」

「どうでもいいが、暑いし苦しい」

「何だよ、おまえも少しは感動しろ。たまには、抱き締め返してくれたって……」

「――何やってんの」

突然、氷点下の冷ややかな声が事務所内に響いた。いっきに室温が五度くらい下がり、爽は青ざめた顔でおそるおそる振り返る。

「慧樹……お、おかえり……」

「そうちゃん、おぎょうぎわるーい。つくえのうえにのっちゃ、ダメなんだよ！」

静かな怒りをたたえた慧樹の隣で、日焼けした綾乃が満面の笑みを浮かべていた。手を繋いだ二人の姿は微笑《ほほえ》ましく、年の離れた兄妹に見えなくもない。だが、そんな軽口を利ける状況でないのは明白だった。

「おかえり、綾乃。プール楽しかったか？」

いち早く逃亡を決め込んだ優一が、そそくさと愛娘の側へ行く。綾乃は元気よく「うん！」と返事をし、大きな手で頭を撫でられると気持ちよさそうに目を閉じた。

「お、綾乃は疲れて眠いんだな。悪いが、俺はちょっとこいつをマンションまで連れ帰って寝かしつけてくる。夕方には、また戻るよ」

「おい、葛葉……」

「わかりました。あ、これ綾乃の水着とタオルです」

花柄のビニールバッグを差し出し、慧樹が優一父子の帰宅を笑顔で促す。

今、こいつと二人っきりにすんなよ、裏切り者。と絶叫したくなるのを必死で堪え、爽も強張《こわば》った笑みを何とか顔に張り付けた。

綾乃の手を引いて帰宅しながら、優一は娘のとめどないおしゃべりを聞いていた。

「それでねー、よーたくんとママがきてててね、あやのはよーたくんとぞうさんのすべりだいからとびこんだんだよ。それでね、したでまってたけいじゅがびしょびしょで」

「陽太《ようた》くんとママ？　綾乃、プールで会ったのか？」

「うん。よーたくんのママがね、〝まぁ～。かわいいおとこのこがいるからなんぱしようとおもったら、けいじゅくんだったのね〟っていってた！」

「可愛い男の子をナンパ……貴代美《きよみ》さんめ。息子連れで何を言っているんだ」

「よーたくんのママ、おっぱいボインボインだったよ！」

「…………」

その話は、雁ケ音にはしない方がいいな。

優一がそう言うと綾乃は不思議そうに首を傾《かし》げたが、すぐに「わかった！」と頷いた。それから、まるで歌うように「そうちゃんが、やきもちやくもんねー」と笑う。核心を突く言葉に一瞬ギョッとしたが、どうやら逆の意味で言ったようだ。日頃、綾乃の前で爽の交友関係のだらしなさを自分も慧樹もしょっちゅう説教していたので、彼女の認識ではかなりの女好きになっているのだろう。もちろん、それは誤った情報ではない。慧樹を別にすれば、爽はきっと今でも女性が好きだ。

「まぁ、あいつの生い立ちから考えれば、そうなるまでに相当な反動があったんだろう。男だろうが女だろうが、愛情の対象じゃなく異質の存在だったんだから」

優一が爽に出会ったのは、高校生の頃だ。引退間近の剣道部に、当時一年だった爽が途中入部してきたのだ。あの頃はサングラスの代わりに伊達眼鏡をかけており、瞳の色や整った顔立ちなどを冷やかされると露骨に好戦的な態度を取っては周囲から浮きまくっていた。仕方なく部長だった優一が何かと目をかけてやり、それがいつの間にか年齢を超えた友情へと変化したのだが、性格で言えば水と油、自分たちには何ら共通点などなかった。だが、何故だか爽はやたらと優一へ懐き、比例するように性格も今のようにくだけていった。

『俺さぁ、人が怖いんだよね』

優一が高校を卒業した日、お祝いにと爽は小さな花束をくれた。男が男に花束、と渡しながら「キモい」と自分で笑っていたが、優一は大事にそれを受け取った。後にも先にも、爽から物を貰ったのはあの時きりだ。

『オヤジがさ、逃げた女房……つまり俺の母親だけど……を盲目的に好きでさ。とにかく、彼女がいないと夜も日も明けないってくらい病的で。終いには家ん中へ閉じ込めて外へ出さないようになっちゃって、俺が四、五歳の頃だったかな、大騒ぎになってさー』

『…………』

『警察来て、いろんな大人がきて。その辺、記憶が曖昧《あいまい》なんだけど。覚えてるのは、母親が閉じ込められている間、何度も死のうとしている場面だった。手首切ろうとしたり、首を吊ろうとしたり。洗面器に水を張って顔を突っ込もうとしていたこともあったな。多分、母親も大概おかしくなってたんだろうな。フランス人とのハーフですげぇ綺麗な人だったけど、保護された時は老婆みたいになっててさ』

めでたい日に相応《ふさわ》しい内容ではなかったが、優一は黙って話を聞いた。恐らく、今日を逃したら爽は二度とこの話をしないと思ったからだ。どうして打ち明ける気になったのか、実は今でもよくわからないのだが、きっと爽自身にも説明はできないに違いない。

あの日、爽はHRをサボって優一と一緒に帰り道を歩いた。そう、ちょうど今の綾乃と自分のように。そうか、と娘の無邪気なおしゃべりを聞きながら優一は思う。あの時、自分と爽は束の間、家族だったんだな。

『でも、わかるんだ。あんなひどい目に遭いながら、母親も好きだったんだよ、オヤジのこと。だから、不審に思った近所の人が通報して警察が来るまで、オヤジから逃げ出そうとしなかったんだ。死ぬことばかり考えて、逃げる努力はしなかった』

『それで〝怖い〟のか?』

『……人を好きになるのって、そういうことだろ。自分でも制御できなくなって、相手を食い尽くすみたいなさ。一緒に滅びるしかない、とか』

『ずいぶん極端な意見だ。雁ケ音、おまえの親が特殊な例だったんだ』

『ああ、そうだな。わかってるよ。けど、そういう親の血が俺にも流れてるわけだし』

ようやく、爽の言いたいことがわかった。

誰かを好きになれば、自分も同じことをするかもしれない。あるいは、相手からされるかもしれない。爽は、その両方を怖れているのだ。本気で踏み込めば互いを壊しかねない、理性の歯止めの利かない愛情を何より怖がっていた。

『だからって、一人で生きていくって言えるほど思い上がっちゃいないけどさ』

『雁ケ音……』

『葛葉先輩にも、こうやって甘えてるわけだし』

急に気恥ずかしくなったのか、そこで爽は「へへ」と笑った。だが、「人が怖い」と思いながらも、人は一人では生きていけないという真理を、彼はちゃんと知っている。それだけでも大したものだ、と優一は心の底から感心し、珍しく自主的に彼へ微笑みかけた。

『いつか、現れるさ』

『え?』

『雁ケ音の価値観を、全部ひっくり返す奴が。その時は、躊躇《ちゅうちょ》しなければいい。そういう相手に巡り合うまで、おまえは自分を守ってもいい。俺が許す』

『………』

爽は、かなり驚いたようだ。

眼鏡の奥で薄茶の瞳が何度か瞬《まばた》き、気のせいか少し潤んだようにも見えた。けれど、結局は何も答えず、ただ薄く笑い返してきただけだった。

（父親は心神喪失で無罪判決になり、病院送りになったんだったな。その間に両親は離婚、雁ケ音は父方の祖父母に預けられた。だが、もともと結婚に反対だった祖父母は事件を起こした息子を許しておらず、退院後に現れた彼へ雁ケ音を品物のように押しつけた）

母親は離婚後、行方不明になっている。今では生死もわからないらしい。小学四年で爽は再び父親と暮らすことになったが、そこで第二の悲劇が起きた。

——似すぎていたのだ、母親に。顔立ちは言うに及ばず、その目の色も髪の色も。

幸い監禁こそされなかったが、父親の過干渉は相当なストレスだったに違いない。中学に上がってしばらくして、父親はまた精神疾患で入院することになった。それ以来、彼はずっと一人暮らしをしているという。父親の実家が資産家だったので、今後一切関わらないという約束で生前分与された財産で食い繋いだらしい。

（それも、父親の入院費でほとんど消えたらしいが……）

爽が大学を退学した数ヶ月後、父親が病院で亡くなった。ちょうど、優一が亜里沙《ありさ》や由多加《ゆたか》のことでバタバタしていた時期だ。

（何だかんだあって、一緒に探偵事務所を立ち上げることになったが……まさか、拾ってきた子どもが「価値観をひっくり返す」相手だったとはな。雁ケ音の直感も、バカにしたもんじゃなかったたってことか）

面白そうな奴、連れてきた。そう言って慧樹の手を引っ張り、事務所へやってきた爽の顔を優一はよく覚えている。浜辺で綺麗な石を見つけた悪ガキのような、未知のお楽しみに目が輝いていた。生意気そうでぶっきら棒で、それでもたどたどしく頭を下げてきた白雪慧樹と名乗る新人は、その時点ですでに爽に惚《ほ》れていると顔にデカデカと書いてあった。

あのひたむきな情熱が、よもや性別やトラウマを越えて爽を捕まえるとは、当時は予想もしていなかった。だが、冷静に考えてみれば慧樹は理想的な相手かもしれない。

（タフで前向きで、人を愛することにためらいがない。欲しいものは欲しい、とはっきり言える子だ。のらくら逃げ回る雁ケ音には、あれくらい思い切りが良くないとな）

多分、爽にも予感があったのだろう。

この子に捕まる人生なら、そう悪くはないんじゃないかと。

「おとうさん、なんでにこにこしてるの？」

「え？」

「さっきから、ずーっとひとりでにこにこしてるよ」

「そうか？」

綾乃の指摘で我に返り、優一の回想はそこまでとなる。繋いだ小さな手を改めて握り返すと、こちらを見上げてキョトンとしている綾乃へ話しかけた。

「綾乃、慧樹と家出した時、怖かったか？」

「いえで？」

「慧樹と二人で、ホテルにお泊りしただろう？　あの後、おっかないお兄さんがきて、綾乃はわんわん泣いたじゃないか。もう怖くないか？」

「あやの、ぜーんぜんこわくないよ」

強がりでない証拠に、綾乃はブンブンと力強く手を振り回す。それから、やけに誇らしげな様子で「だってね」と言った。

「けいじゅ、かっこよかったんだよー。てれびのけいじさんみたいにね、〝はやく、あやのをはなせ〟っていったの。けいじゅは〝ごめんな〟っていってたけど、あやのはへいきだもん。けいじゅ、すっごいかっこよかった！」

「そうか」

「あやのは、けいじゅのおよめさんになるんだ。そうしたら、おとうさんとそうちゃんとみんなでいっしょにすもうね。あやののあかちゃん、だっこさせてあげるね」

「…………」

いつの間にか、綾乃の「結婚したい人ナンバーワン」の座は慧樹に奪われていたようだ。

優一は複雑な思いで苦笑し、「雁ケ音にライバル登場だな」と呟いた。

一日の業務を終えてマンションへ着くまで、慧樹はろくに口をきいてくれなかった。以前にも優一との仲を誤解されたことがあり、その時と同じ状況だというのが余計に許せないようだ。あれは友情のハグだといくら説明しても、冷ややかな眼差しで「ふーん」と言われるだけなので、終いには爽の方でも言い訳が尽きてしまった。

「……あのさ」

靴を脱いでリビングに入るなり、背中を向けたまま慧樹が言う。心なしか、両肩に異様に力が入っているようだ。左右の拳をぎゅっと握るのを見て、爽は（もしかして、一発くらい殴られるのかなぁ）と覚悟を決めた。何にせよ、慧樹が傷ついたのなら仕方ない。

「うん、どうした、慧樹？」

「あのさ……あの……」

「…………」

「寝室……行く？」

「……え？」

予想から遥か斜め上の言葉を聞き、爽は思わず呆《ほう》けた声を出してしまった。はたしてどんな思考回路から「寝室、行く？」という結論に至ったのか、必死で頭を振り絞ってみたがまるきり見当がつかない。

「行くのかよ、行かないのかよ！」

焦《じ》れたように、慧樹が怒鳴った。しかし、こちらを振り返ろうともしない。ええと、と答えあぐねた爽は言葉を濁し、相手の真意を何とか汲《く》み取ろうとした。自分たちは付き合っているわけだし、「寝室へ行こう」の誘いが意味するところは一つしかないはずだ。

「え、でも……おまえ、怒ってたんじゃねぇの……？」

「うるさいなっ。怒ってたら、誘っちゃいけないのかよ！」

「いや、いけなかないけど……」

俯《うつむ》き加減に怒鳴り散らす、慧樹のうなじが赤くなっている。気がつけば耳たぶも、それからちらりと映る頬も、全部がほんのり朱色に染まっていた。

「慧樹……」

「おっ、俺が怪我してたから、何つうか、その……」

「……………」

「そんで、綾乃の件で後始末とかあったし、タイミングが……ズレたっつうか……」

「チューとかきっこはしてたろ、しょっちゅう」

「してたけど！　いや、そういう問題じゃなくて！」

わざと惚《とぼ》けた返事をすると、くるりとようやく向き直る。相変わらず二つの拳は握ったままだが、それも緊張の為せる技だと思うとたまらなく可愛かった。

「あのなぁ、慧樹」

「爽さん、俺と最後までしたくないのかよ？」

「…………」

「俺は……したかったよ、あんたと。もうずっと、最初に会った時から」

う、と心臓が止まりそうになり、爽は即答できなくなる。上目遣いに訴える黒目は、微かに潤んで凶器そのものだった。こんな瞳で真摯《しんし》に迫られたら、百年のトラウマだって忘れそうだ。事実、先刻まで優一に話していたことが些細な悩みのような気がしてきた。

（い……いやいやいや、それは違うだろ。しっかりしろ、俺！）

落ち着かねば、とサングラスを外し、目頭を揉みながら爽は考える。

確かに、慧樹が言う通り自分たちはタイミングを逃していた。爽が観念して告白し、勢い余って触れ合ったりはしたけれど、あの時は傷ついた慧樹の身体《からだ》が心配で最後まではできなかったのだ。慧樹は不満そうだったが、そこは大人の責任と爽も我慢した。

だが、勢いでは何とかなっても、爽はともかく慧樹は同性と寝るのは初めてだ。しかも、始末の悪いことにお互い本気で惚れていて、その分やたらと慎重になっている。せっかく両想いまで漕ぎ着けたのに、先を焦る余りに台無しにしたくなかった。

（そうなんだよなぁ。最初なんだから次の日は休みがいいとか、今日はシーツ洗ってねぇやとか、なんか段々童貞のこだわりみたいになってきて……）

今更あれこれ思い返し、爽は地の底へ潜りたくなってくる。ついには「どこまで純情なんだ」と、他人を憐れむような気持ちにさえなってきた。しかし、こうして慧樹が度胸を晒《さら》してきたからには、いつまでも逃げ腰ではいられない。

「――わかった」

固く握りしめた慧樹の拳に、そっと自分の手を重ねて爽は頷いた。

「なんか、すっげぇ嬉しいな？」

「え、そ……そう？」

「うん、嬉しい。慧樹、ありがとな」

「ど……どういたしまして」

堪え切れずに破顔すると、慧樹の顔がパーッと真っ赤になる。めちゃくちゃ可愛い、と爽は感動し、たとえ一時でもこいつから逃げようとしたなんて、と過去の自分を問い詰めに行きたくなった。

「シャワーはどうする？　後でもいいか？」

耳元に唇を近づけて、そっと尋ねてみる。

慧樹はこくんと首を縦に振ると、「プール帰りだし。少しカルキ臭いかもしんないけど」とまたしても可愛いことを言って爽を微笑ませた。

「あ……ッ……」

組み敷いた身体が小さく跳ね、爽は満ち足りた気分で愛撫《あいぶ》を一度休む。含んだ乳首はたっぷりの唾液に濡れて光り、淫靡《いんび》な艶が薄闇の中で妖しく誘っていた。

「慧樹、感じ方が素直だな」

「ん……ぅ……」

「舐《な》めてるだけで、すげぇ可愛くなってるし」

「……ん……」

囁《ささや》くたびに唇が、ツンと固さを増した先端を刺激する。慧樹は身を捩《よじ》って声を漏らし、じわりと熱くなる肌をシーツへ擦《こす》りつけた。

「もうちょっと……痛くしても大丈夫か？」

「あ！　……ぅあ……ん……」

敏感な反応が嬉しくて、爽は続けて右の乳首を口に含み、左を指先で強めに弄《いじ》る。引っ張ったり抓《つね》ったり、舌の愛撫に合わせて調整すると、すぐに慧樹の乱れは激しくなった。

「あぁ……ぅ……」

うっすら開いた瞳はとろんと意志を無くし、微熱の膜が張られている。日頃は生意気な黒目が淫《みだ》らに揺れているのを見ると、それだけで支配欲が猛烈に疼《うず》いた。爽はゆっくりと唇を下へずらすと、臍《へそ》の辺りにちゅっと口づける。くすぐったさで正気に返ったのか、慧樹が照れ臭そうに怒ってみせた。

「なんだよ、ふざけて。くすぐったいよ」

「すぐに笑っていられなくなるって」

「え？」

「キスしたい気分。おまえのここ」

指先でちょん、と突いたのは、下着の上からでもわかる屹立したペニスだ。ボクサーパンツの下で窮屈そうに首をもたげている様が愛おしくて、爽はニヤニヤとからかうように慧樹の様子を窺《うかが》った。

「いいだろ？　もっと気持ちよくしてやるから」

「だっ、だめだよ。そんな、ちょっと……」

「いや、男なら好きなはずだ。やせ我慢すんな。俺はしたいし」

「し……たいって……」

ストレートな言葉に絶句し、慧樹は子どものようにオロオロしている。

だが、充分に育った大人の部分は正直なもので、爽が指先で触れただけでびくりと脈打つのが伝わってきた。

「よしよし、元気な子は好きだよ」

「へ……変なこと言うなっ」

声が上ずってひっくり返るあたり、動揺のほどがよくわかる。何だかますます楽しくなってきて、爽はご機嫌なまま慧樹の下着をいっきに引き摺《ず》り下ろした。

「うわっ」

「あ、その前に……と」

一番大事なことを思い出し、無防備な姿に狼狽《うろた》える慧樹の顔までいそいそと戻る。互いの鼻先をくっつけて「よう」と笑いかけると、一瞬黙り込んだ後でようやく向こうもくしゃりと表情を緩めた。

「何だよ、ふざけんなって。爽さん、ムードねぇな」

「そう言うなって。年甲斐もなく、ちょっとはしゃいでるんだ」

「それって……俺と寝てるから？」

「どうだかな」

真顔で訊《き》き返す辺り、天然の小悪魔かとツッコみたい。しかし、軽口がもどかしくなるくらい、今は慧樹にキスがしたかった。爽はゆっくりと唇を重ね、強く恋人を抱き締める。素肌から響いてくる鼓動が、極上の音楽に聞こえた。

「う……ん……」

深く浅く口づけながら、時にきつく吸い上げる。

大胆に舌を絡め、吐息を混ぜ、漏れる声音すら全て奪い取ってしまいたかった。

「……ぅ……く」

幾度も喉を上下させ、唾液を嚥下《えんか》する動きが艶めかしい。爽は休むことなくキスをくり返し、同時にそろそろと右手を下半身へと伸ばしてみた。

「あ……ッ」

「熱いな」

想像通りだ。手のひらで確かめた慧樹の分身は、すでに熱を帯びて潤んでいる。緩い動きで擦り上げ、びくびくと震える反応に悦びを覚えながら、爽は一層強く唇を吸い上げた。

「あ……ぁ……」

前に一度慧樹に触れた時も、逞《たくま》しく張り詰めた感触に感嘆した。けれど、今はそれよりも愛しさが増している。舌と指で存分に可愛がり、余さず征服してみたい。そんな衝動を堪え切れず、爽は口づけを休んで位置をずらすと、欲望の輪郭へそっと舌を這《は》わせてみた。

「あぁ……っ……や……め……っ」

びくんと背中を反《そ》らし、不意に襲った刺激に慧樹がわななく。

溢《あふ》れる声が切なさに滲《にじ》み、爽のたてる卑猥な水音と混《ま》じり合った。

「んう……は……ぁあ……」

素直な反応に満足し、もっと感じさせたいと爽は願う。もちろん、男の性器を口で愛撫するなんて生まれて初めてやったが、慧樹の一部だと思うだけで愛しくて仕方なかった。

(ああ……やっぱ食らい尽くすって、親の血なんかなぁ……)

頭の片隅を、ふとそんな考えが掠《かす》めていく。

尖《とが》らせた舌先で螺旋《らせん》を描きながら、慧樹自身を存分に味わうのは、爽にとってたまらない快楽だった。屹立を口に含み、蜜を零《こぼ》す先端を舌で突きながら同時に指で擦り上げる。そのたびに全身を小刻みに震わせて、甘い声を漏らす恋人が愛おしい。

「も……う……爽さ……ぁ……」

ダメ、と身を捩って訴える慧樹に、爽は我を忘れて恍惚《こうこつ》となった。

男に抱かれるなんて天地が引っくり返るような状況だろうに、慧樹は羞恥《しゅうち》を堪え、爽のやりたいように愛撫へ身を任せている。その葛藤がダイレクトに伝わるだけに、大事にしたいと強烈に思った。

「慧樹、愛してるよ」

「え……」

「おまえが好きだ。愛してる」

「…………」

半分蕩《とろ》けていた瞳が、驚きに見開かれる。

涙の雫《しずく》が目の縁に溜まり、慧樹は慌ててそれを拭おうとした。

「可愛いなぁ」

「くそ……ッ……見るな……ッ」

「ごめん、もう目に焼き付けた。慧樹、好きだよ」

「…………」

もう、何か言い返す気力もないようだ。慧樹は唇を噛《か》み、黙って顔を逸《そ》らした。弾みでこめかみへ流れた雫を、爽はゆっくりと舐め上げる。びくりと身体を強張らせたが、慧樹は何も言わずにギュッと目を閉じた。

「抱くよ」

先走りの蜜と唾液で、入り口をじっくりとほぐしていく。指を増やすたびに息を止め、おずおずと吐き出す仕草が可愛かった。

慧樹は、全部を許している。

爽が何者でどんな過去を持とうと、きっと彼の根底は揺らがない。

確信に満ち、受け入れてもらう喜びを満喫しながら、爽は情熱の楔《くさび》を打ち込んだ。

「ふぁ……あ……あぁ……ッ」

律動に身体を揺らしながら、再び慧樹が喘《あえ》ぎを漏らす。淫靡で健気《けなげ》な音色に煽《あお》られて、爽の分身は一層逞しく張り詰めた。

より強い刺激を求めて最奥《さいおう》を突き、慧樹の感じる場所を探り当てる。背中にしがみつく指が、助けを求めて肌へ爪を立てた。

「爽……さ……ぅ……はぁあ……」

「慧樹……」

「だ……め……もう……俺……く……いく……ッ」

「慧樹……！」

「あ、あ、あぁ……っ！」

絡み合う肢体に体温が溶け、二重の鼓動が互いの胸を叩き続ける。

優しく蹂躙《じゅうりん》されながら慧樹が絶頂を迎え、爽の手の中で欲望を吐き出した。少し遅れて爽も高みを駆け上り、慧樹の中でいっきに果てる。頭の中が一瞬スパークし、無我夢中で相手の身体をかき抱いた。

「爽さん……痛いよ……」

笑みを含んだ掠れ声で、くすりと慧樹が囁いた。

「何か、すげぇ意外。爽さんが、理性飛ばすなんて」

「アホか。俺だって我を失う時くらい……って、やべぇ！」

「ん？」

「悪い。中に出した。あ、ゴムつけんのも忘れた」

どちらも、男女に限らず男同士のセックスでも重要なポイントだ。しかも、リスクは慧樹の方が高い。ごめんな、と謝ると、もう限界とばかりに慧樹が声を出して笑い転げた。

「おまえなぁ」

何だか最後が決まらない思いで、爽が慎重に自身を引き抜く。その時はさすがに笑いを止めたが、慧樹は笑顔のまま長い溜め息をついた。

「ムードねぇなぁ。爽さん、俺たち初めてなのに」

「悪かったって」

「いいよ。何か、爽さん上手だった。お陰で、覚悟してたほど痛くなかったし」

「…………」

「ん？」

「好きだよ、慧樹」

軽口もおふざけもなしで、大真面目に告白する。

気の利いたセリフも考えたが、真っ直ぐな慧樹には素直な言葉が一番似合うと思った。

「俺も、爽さんが好きだよ。……ずっと前から」

慧樹が、そう言って照れ臭そうに微笑んだ。

一目惚れだったんだ、と彼は小さく付け加え、それから思い切ったように口を開いた。

「あんたの目、俺は好きだよ」

「…………」

「初めてあんたの目を見た時、思ったんだ。何を見てきたのか知りたいって。それで、俺が笑わせてあげたいって。それで……あんたの目に映りたいって」

「そうか……」

胸に熱い固まりがせり上がって、息をするのも苦しくなる。

爽は短く深呼吸をすると、全ての迷いを振り切って慧樹へ両手を伸ばした。

「おまえに、いろいろ話したいことがあるんだ」

「……うん」

腕の中で、慧樹が頷く。

「他人の昔話なんか、退屈かもしれないけど。でも、聞いてくれるか？」

「うん」

「寝物語に相応しい話じゃねぇぞ。それでもいいか？」

「いいよ」

柔らかな返事が、肌へ染み込んできた。

生まれて初めて手にした温もりを壊さないよう、爽はそっと抱く腕に力を込めた。

俺は誰の挑戦でも受ける

「決闘状ぉ？」

大袈裟に声を引っくり返らせて、爽《そう》がこちらを振り返った。今日は休みなので二人して朝寝をさんざん貪《むさぼ》り、昼近くにようやく起きた矢先のことだ。歯を磨いていた爽は口の周りを泡だらけにしながら、眼鏡の奥で瞳を剣呑《けんのん》に細めた。

「一体、どこのどいつだ？　また鏑木《かぶらぎ》組《ぐみ》の連中か？　……ったく、俺の可愛い慧樹《けいじゅ》に決闘とは、身の程知らずもいいところだな。何しろ、見た目と凶暴さのギャップは朱坂《あけさか》街のタスマニアンデビルと呼んでも差し支えないくらいなのに。なぁ？」

「誰がタスマニアンデビルだよ。つか、早く口ゆすげば？」

「お、ずいぶん冷静だな」

「冷静っつーか……」

コップでがらがらとうがいをする爽に、慧樹は言い難《にく》そうに眉根を寄せる。

「さっき新聞取りに行ったらポストに入ってたんだけどさ、これ……」

「ん？」

「封筒の表に『けっとうじょう』ってあるだろ。そんで、差出人がさ」

「どらどら」

タオルで口元を拭き、爽が差しだされた白い封書を受け取った。だが、裏を返して差出人の名前を見た途端、慧樹と同じく渋い顔になる。赤の色鉛筆で書きなぐったような字は、全て不揃いの上ひらがなで『ようた』と大胆に記されていた。

「ようたって、もしかして貴代美《きよみ》んとこの陽太《ようた》くんか？」

「うん、間違いない。家の住所知ってて、『ようた』って名前はそれしか心当たりないし。第一、このいかにも幼児が書きましたって字は……」

「おい、慧樹。おまえ、まさか貴代美に手を出したりしてねぇだろうな」

「はぁ？　何でそっちに発想がいくんだよ！　大体、貴代美さんと何かあったのはそっちだろ？　俺が、何も知らないとでも思ってんのかよ？」

「そっ、それは昔の話だろっ。今は慧樹一筋だし、俺がこんなに大事にしてんの、はっきり言っておまえだけだぞ。そもそも、貴代美とはお互い割り切った関係で……」

「あ～、うるさいうるさいっ」

両耳を塞いでわざとらしく喚《わめ》くと、爽がやれやれと溜《た》め息《いき》を漏らす。ガキっぽいって呆れているのかな、と内心不安になり、しかし今更後にも引けずに慧樹が睨《にら》みつけていると、いきなり爽の両手が身体を抱き寄せてきた。

「わわっ」

「まぁ、過去の話だから。全部」

「う……」

コツンと額をぶつけられ、優しく言われるとそれ以上逆らえない。慧樹は上目遣いに爽を見返すと「浮気したら、ぶっ殺す」と膨れ面で呟いた。爽はいかにも嬉しそうに笑うと、了解の意味で唇に短いキスを贈る。普段は煙草の香りなのがミントに変わり、何だか違う相手とキスしているようで恥ずかしくなった。

「そんで、本題に戻るけど」

封筒を指先で摘《つま》んでくるくる回し、爽が思案げな顔をする。確かに、幼児から『決闘状』とは穏やかではなかった。

「おまえ、何かやらかしたの？　陽太くんに？」


午後、葛葉《かつらば》父子の登場で謎は解けた。

「そうなの。あやのがね、きのうようたくんに〝およめさんになって〟っていわれたから、〝ごめんなさい〟ってしたの。だって、あやのはけいじゅとけっこんするんだもん」

「え、いつの間にそんなことになってたんだ？」

「そうちゃんも、けっこんしきにきてね。あやのね、おひめさまのドレスきるから！」

「………」

「爽さん、スマイルスマイル。何、顔を強張《こわば》らせてんだよ」

慧樹はさんざんプロポーズされているので、今更綾乃《あやの》の発言には驚かない。しかし、初耳の爽にはかなりショックだったようだ。今まで綾乃が「お嫁さんになりたい」と言っていたのは優一《ゆういち》だったので、よもやターゲットが慧樹へ移っているとは思わなかったのだろう。

「子どもの言うことじゃんか……」

妬《や》かれてこそばゆい気持ちはあるが、綾乃相手にムキになられても困る。だが、爽は動揺を隠すためか煙草を吸いにふらふらとベランダへ行き、後には懸命に笑いを噛み殺している優一と無邪気な綾乃が残った。

「葛葉さん、俺最近になって気づいたんですけど……笑い上戸《じょうご》ですよね？」

「いや、すまない。雁《かり》ケ音《がね》の顔があんまり……見物で……」

「そうちゃん、へんなのー」

ひとしきり笑いの波が治まってから、ようやく優一が「……で、どうするんだ」と訊いてくる。どうするもこうするも、と慧樹が困惑していると、素早くベランダから戻って来た爽が「売られた喧嘩は買う！」と声高に宣言した。

「おい、雁ケ音。おまえが決闘を申し込まれたわけじゃないだろう」

「そうだよ、爽さん。俺が陽太くんと話して……」

「いいや、これは俺たちの問題だ。それに、陽太にも釘を刺しておかねぇと」

「釘？　何の？」

「慧樹とタイマン張ったら、綾乃から心変わりするかもしんねぇだろ！」

「…………」

ないない、と否定したかったが、そんな気力さえ全て奪われる。呆れ返った一同の視線をものともせず、爽は懐《ふところ》から陽太の『決闘状』を引っ張り出すと、真面目《まじめ》くさった顔つきでフムフムと内容を確認し始めたのだった。


決闘当日。

思い切り気が進まなかったが、慧樹は陽太からの呼び出しに応じていつもの児童公園へ向かった。どうせヒマだし、と所長にあるまじきことを言って優一が綾乃を連れてギャラリーに加わり、陽太の付き添いで貴代美までやってくる。案の定、彼女は慧樹の後ろで腕組みをして控える爽を見るなり、「ぷっ」と吹き出した。

「爽さん、何やってんの？　もしかして、慧樹くんの保護者のつもり？」

「うるせぇな。そっちこそ、男の喧嘩に女がしゃしゃり出てくんな」

「だって、面白そうだったし。陽太ね、絶対綾乃ちゃんと結婚したいんですって」

「あやのちゃん、ぼくとけっこんしてください！」

笑い転げる貴代美の隣で、陽太が厳しい表情で突っ立っている。両足を踏ん張って無駄に全身力んでいる姿は、小さいなりに男の気概《きがい》を感じさせた。慧樹は感心し、綾乃の様子をちらりと見る。だが、綾乃はベンチに座って優一の握った不格好なおにぎりを思い切り頬張っているところだった。

（色気より食い気か……そりゃそうだよな）

言ってくれたら弁当くらい作ったのに、と思っていたら、どこかで「ぐうう～」と奇妙な音がした。まさか、と慧樹が周囲を見回すと、目の前で陽太が、背後で爽が、揃ってお腹を鳴らしている。（何なんだ、おまえら）と呆気《あっけ》に取られていると、降参とばかりに爽が組んでいた腕を解《ほど》き、陽太の方へ大股で歩み寄った。

「おい、陽太」

「な、なんだよぅ」

「おまえ、そんなに綾乃が好きか？」

ストレートに尋ねられ、些《いささ》か怯《ひる》んでから勇気を振り絞ったようにこっくりと頷《うなず》く。そんな陽太の態度にニヤリと笑むと、爽は「だったら、まずは飯食いに行こう」と言った。

「綾乃が慧樹のどこに惚れたか知ってるか？　うどんだよ」

「うどん？」

「そうそう。あいつの作るうどん、めちゃめちゃ美味《うま》くてさ。おまえが勝とうと思うなら、喧嘩じゃなくてうどんで勝て。綾乃、すぐめろめろになるぞ」

「めろめろ……」

悪くない、と陽太の顔が希望に輝く。確かに、綾乃は食べ物が好きだ。今も、こちらには目もくれないでおにぎりに夢中になっている。腕力で勝負するよりも、料理で挑《いど》んだ方が勝算が高いかもしれない。

「んじゃ、納得したところで飯だ、飯。慧樹、うどん作って」

「なんで、そんな展開に……」

「あら、慧樹くんのうどん、私も食べたいわぁ。陽太、一緒にお呼ばれしようか？」

「うん！」

一瞬前まで闘志を燃やしていたくせに、陽太の頭はもはやうどんに占領されたようだ。元気よく返事をされ、慧樹は何が何やらわからないうちに彼らへ昼食を作ってやることになってしまった。

綾乃と優一も合流し、決闘の帰り道はけっこうな大人数になる。

手を繋いで仲良く歩く綾乃と陽太の後ろ姿を見ながら、慧樹は「何だかなぁ」と呟《つぶや》いた。

不発に終わった決闘に、何となくモヤモヤしたものを残した数日後。

慧樹は、再び陽太からの手紙を受け取っていた。

「えーと……〝けいじゅさま〟か。前より全然まともだな」

朝に弱い爽は、まだベッドの中だ。慧樹はリビングのソファに座り、青の色鉛筆で大胆に書きなぐられた便箋《びんせん》を広げ——一読するなり笑い転げた。

「はは、どうしよう、腹痛ぇ……」

笑って笑って、涙を流していると、騒ぎに目を覚ました爽が寝ぼけ眼《まなこ》でやってくる。

「おい、何だよ。朝っぱらからどうしたぁ？」

「爽さん、おはよう」

目の端の涙を拭い、まだ笑いが治まらない慧樹は、そのまま立ち上がって爽へ近づいた。

彼は待っていたように両手を広げ、「おはよう」と抱き締めてくる。すっかり馴染《なじ》んだ体温に包まれ、慧樹はまた思い出し笑いをした。

けいじゅへ。
うどん　うまかった。
おまえは　いいやつだ。
でも　めがねにはきおつけろ。
あいつは　おまえお　ねらっている。

あとがき

こんにちは、神奈木です。このたびは『あんたの愛を～』を読んでいただき、本当にありがとうございました。ルチルさんでは久々の完全新作、ちょっと緊張しつつのお届けです。でも、書いている間中、本当にすごく楽しくてキャラたちを動かすのもウキウキな気分で仕上げることができました。相変わらず原稿がのろくて深く自省しつつも、このお話が書けて良かったなぁと心の底から思っています。読んでくださった方にも、少しでも楽しんでもらえたら嬉しいのですが。もしよろしかったら、ぜひ感想などお聞かせくださいませ。

さて、今回は年の差もの、溺愛攻めに分類されるのかな。爽は一見掴みどころがなく、いろいろあって恋愛に後ろ向きでもありましたが、本当は誰かをめいっぱい愛したくてしょうがない人なんだと思います。一方の慧樹は、ずっと一人で生きてきましたので誰かに愛されるという概念が抜けているんですね。だから、人を好きになったら愛し抜く、という攻めの姿勢でいるわけです。なので、エンディングの後は開き直った爽にめちゃめちゃ愛されて、可愛がられる喜びを知るといいよと作者は思います。

しかし、白状しますと書いている途中まで受け攻めをはっきり決めていなくて、もしかしたら爽が受けに回っていた可能性もありました。それがどうして変わったかというと、私の中での不文律が『度量のある方が受け』だからです。要するに、懐の深い男の方が覚悟して受けに回ってやるぜ、みたいな流れがありまして……後は、やっぱり爽がとにかく慧樹を可愛がりたくてたまらないので、やっぱりそうなると攻めだよね、みたいな。この二人のラブシーンはやり取りを書くのも楽しくて、あんまり色っぽさはないですが彼らしいラブシーンになったのではないかな、なんてちょっと思っています。

イラストの金ひかる様。何度もご一緒させていただきましたが、毎回「おお」と目がハートになるようなキャラに描いていただけて作者冥利に尽きる思いです。今回は、慧樹の生意気そうな黒目と爽の胡散臭くも魅力的な笑みがストライクでした。綾乃ちゃんも激キュートだし、葛葉さんはこのまんま攻めイケますやん、なカッコよさだし、眼福の限りです。お忙しい中、いつもご迷惑ばかりおかけして申し訳ない気持ちでいっぱいですが、本当に本当にありがとうございました。また、担当様も今回も大変お世話になりました。

近況では、あまりに運動不足が続いて不健康すぎるので、思い切ってマンツーマンのトレーニングを始めることにしました。少しずつ生活や体質を改善させて、より良い環境で仕事に打ち込めるようにしていきたいな、と考えています。効果のほどは、またいずれご報告させてください（笑）。とりあえず、無理ない範囲で頑張ります。

それでは、またの機会にお会いいたしましょう——。

http://blog.40winks-sk.net/（ブログ）　神奈木　智拝

✦初出　あんたの愛を、俺にちょうだい……………書き下ろし
おまえの愛を、俺に食わせて…………………書き下ろし
俺は誰の挑戦でも受ける…………………書き下ろし

神奈木智先生、金ひかる先生へのお便り、本作品に関するご意見、ご感想などは
〒151-0051 東京都渋谷区千駄ヶ谷4-9-7
幻冬舎コミックス　ルチル文庫「あんたの愛を、俺にちょうだい」係まで。

幻冬舎ルチル文庫

あんたの愛を、俺にちょうだい

2012年6月20日　第1刷発行

✦著者　神奈木智　かんなぎ さとる

✦発行人　伊藤嘉彦

✦発行元　株式会社 幻冬舎コミックス
〒151-0051 東京都渋谷区千駄ヶ谷4-9-7
電話 03(5411)6432[編集]

✦発売元　株式会社 幻冬舎
〒151-0051 東京都渋谷区千駄ヶ谷4-9-7
電話 03(5411)6222[営業]
振替 00120-8-767643

✦印刷・製本所　中央精版印刷株式会社

✦検印廃止

ISBN978-4-344-82545-1　C0193　Printed in Japan